f
H
M
futami
HORROR
×
MYSTERY

ふたりかくれんぼ

最東対地

Saito Taichi

イラスト　もの久保

デザイン　坂野公一（welle design）

contents

プロローグ

息を止めると、時が止まった気がした。

気のせいじゃない。確かに止まったんだ。

そう思った途端に景色は動き始め、それが錯覚なのだと思い知らされる。

だが錯覚じゃないものもあった。

「――にぃに」

息を止めた世界にだけ住む、少女。

腰まである長い艶やかな髪はやや茶色がかっていて、眉の位置で綺麗《きれい》に切りそろえた前髪は、彼女の整った顔立ちをより際立たせていた。

真っ白なワンピースに身を包み、いつもどこか少し高いところに腰を下ろして足をぶらぶらさせている。スイング人形のように愛らしく首を揺らしながら、にこやかにボクを見下ろしていた。

この世界はゆっくりと流れている。その中で輪郭を切り取ったように存在する少女に、ボクは見惚《みと》れていた。

次第に肺が酸素を求めて、暴れ出すまで、ボクは自分が息をしなければ死んでしまう、か弱い生き物だということを忘れていた。唐突に胸の内側から苦しさがせり上がってきて、餌を頬袋に溜《た》め込んだリスのように、頬が膨らみ、破裂する。

「ぶはっ！　はあ、はあ……！」

肺に酸素を送り込み、咳《せ》き込むようにして烈《はげ》しく呼吸を貪る。

直後、視界から少女が攫《さら》われる。画素の悪い昔の映像かと見紛《みまご》うほどに、見事に、痕跡もなく、少女は消えたのだ。

「はあ、はあ……」

少女だけがいなくなった景色にその面影を捜す。次第に意識が鮮明になってくると、少女がいない世界が真実の世界なのだと知る。

最悪だ。こんな世界が現実なんて。こんな、悪意と孤独に満ちた禍々《まがまが》しい世界が。こんなふざけた場所なら、逃げてしまいたい。

息を止めた世界がボクの求める世界だとすれば、それはすなわち死の世界と言い換えてもいいだろう。そこがボクの世界ならば、すぐにでも行きたい。

——呼吸が落ち着いてきた。

ボクは大きく息を吸い込むと、もう一度息を止めた。

──いない！

さっきまでいたはずの場所に、少女がいない。汗が噴き出す。ボクの世界が消えてしまった。そんなの、そんなの……厭《いや》だ！

「にぃに」

不意に背後から声がした。

不安で四角く開いたボクの口は緩み、自然と笑みがこぼれる。

──いた。

これがボクの世界だ。ボクの、ボクだけの大事な……世界。

「にぃに」

息を止めたままだと、いずれボクはまた戻りたくないあの場所に戻ってしまう。

お願いだ、ボクを君の世界に連れて行ってくれ！

手を伸ばす、少女は不思議そうにボクの伸ばした手を見つめていた。

──なあ、ボクをそっちに。

少女は首を傾《かし》げ、しげしげと差しだされた指先を観察したあとでゆっくりとボクの手を握った。

世界は暗転する。

息が、止まる……
波の、喧騒《けんそう》……
島の、オキテ……
夢の、オワリ……
ボクの、ナマエ……

0

ざるの上で砂利が緩やかに滑っている。耳元に感じた音は、そんな意味不明なものだった。

少しして、意識が鮮明に覚醒しはじめるとそれが砂利ではなく、波の音だということに気づく。

――波の音？　なぜ。

瞼《まぶた》を開くと暗い。漂う磯《いそ》の生臭い香りに鼻がひくつく。

真っ暗だがうっすらと視界は開いていた。波の音と透明な暗闇。それにぶら下がったガラス玉――これは漁で使う浮き玉だ。乱雑に置かれた網、とぐろを巻く縄、壁に立てかけられた銛《もり》……。

ここはどこかの部屋……いや、小屋だ。

「ん……」

上体を起こし、ここがなんなのかを確かめようとしたときだった。

ふと左手に自分のものではないぬくもりと、肌の感触があった。

「あ……」

思わず声が漏れた。

ボクの左手と繋《つな》がっているのは、細く華奢《きゃしゃ》な別の腕。もっと言うなら、その腕の主はボクの隣で眠っていた。

「おい……マキ……起きて」

右手で体を揺すり、少女《マキ》に声をかける。なぜだか彼女の名前がスッと口に出てきた。どうやらボクは彼女を知っているらしい。

「ねえ、風邪ひくよ……」

そう声をかけながら、内心ボクはギョッとしていた。

少女の体は憐《あわ》れなほど細く、骨と皮だけと言ってもよいほど痩せ細っていた。暗くてしっかりは見えないものの、手のひらから伝わる見た目を裏切るようなごつごつとした触り心地でそれを知った。

「んん……。あ、にぃに」

「うん。起きたね、ここはどこだろう」

マキは軽快な動きで立ち上がるとキョロキョロとその場から見回した。

突然、立ち上がったため左手がマキから離れそうになり、ボクは焦る。

「こら、マキ！　突然烈《はげ》しく動くなよ。手が離れたら大変じゃないか」

――手が離れたら？

自分で口走っておいて、ボクはその場で考え込んだ。

思い出せない。なぜ、手を離してはだめなのか。

波の音がノイズに似て、聞こえるたびに脳みそを掻《か》き乱される。思考がなかなかまとまらない。ボクはまず、なにをすべきなのだろう。

「立って、にぃに」

マキに言われるままにボクは立ち上がる。

頭を高くすると途端に潮風が頬を撫《な》で、湿気のあるべとりとした感触に眉を歪《ゆが》ませた。

「なんで部屋の中にいるのに潮風が？　それにこの音――」

自分でそこまで口に出してみて気づいた。

「ちょっと、こっちにきて」

マキの手を引き、部屋の外に出る。

「やっぱり……ここは船小屋か」

視界一杯に広がるのは海。空と陸を分断するようにして水平線を描いている。

波の音を聞きながら目の前の景色について考えた。

ひとつめに、なぜボクがここにいるのか。

ふたつめに、マキと手を離していけないのはなぜなのか。

みっつめは、ここが一体どこなのか……ということだ。

「にぃに、ずっとここにいる？」

「え？　いや、そうだなぁ……そういうわけには」

マキを見下ろすと、心臓がひと際大きく跳ねるのがわかった。次の瞬間、胸の底から湧き立つ使命感のようなものを感じる。幼いマキをどうにかしてここから逃がさなければならない、となぜか思った。

――逃がす？　どこに。どうして。

疑問が浮かぶたびに自問自答を繰り返した。

記憶と思考が混濁している。それだけは確かだが、そもそもどうしてボクはこの状況で落ち着いていられるのか。

――まさか、夢なのか。

バカげているがそれが最も自然な考えだった。

これが夢であるなら不思議もないし、逆にどんな不思議が起こったとておかしくはない。

ただ、ハッキリと感じているのはマキに対する使命感。

『絶対に彼女を守る。守って、逃がす』

そのことだけが妙に輪郭を浮き出たせていた。

「ずっとここにいても埒《らち》が明かない。一度町に戻ってみるか」

なぜか自然に町という言葉が出た。マキは海をじっと見つめたまま、うなずいた。

靴の中に砂が入り、歩きづらい。浜から上がったところでたまらず靴の中の砂を掻《か》き出し、マキの足についた砂も払ってやる。

まだ幼いマキを守ってあげられるのはボクだけだ。

ボクは肚《はら》を決めるしかなかった。

町には、『家族』がいるはずだ。もしも見つかってしまったら大変だ。

——もしものとき、ボクはマキを守れるかな。

一抹の不安がよぎる。心臓の高鳴りが種類を変え、恐怖の色に染めた。

ボクは怖気《おじけ》づいていた。

あんな人でなしが徘徊《はいかい》するような異常な場所に、足を踏み入れなければならないのか。

無意識に手を突っ込んだ上着のポケットの中になにかある。くしゃくしゃに丸められたメモ書きだ。

『電波塔へ行け』

「電波塔……？」

顔を上げ、町の影を見つめた。

ニョキニョキと生える公団住宅の影から、スズメバチの針のように突き出した鉄塔が見える。あれが「電波塔」か。

行け、ということは登れ、ということなのだろうか。

「にぃに？」

「あ、ああ……ごめん。行こうか、マキ」

不安げにボクを見上げたマキを心配させまいと、ボクは精一杯、今できる最高の笑顔を見せてやった。

マキは、喜ばなかった。

『家族』——。マキの家族か？　それならいいが、どうにも思考が引っかかる。『家族』に見つかってしまったら大変だ。どういう意味だろう。家族ならばむしろ歓迎のはずなのだが——。

メモを裏返してみるとさらに『B36-502　フジイ』と書いてある。

これを書いた人物はよほど急いでいたのか、暴れるような走り書きだった。ある程度の推察を働かさなければ判読不能だ。

それなのにあっさりと読めた自分自身が不思議だった。

——そうか、ボク自身が書いたのだとしたら読めてもおかしくない。

だが自分で書いたことをすっかり忘れてしまうものだろうか。書いたこと自体を覚えていないことが気持ち悪い。

「にぃに、行こうよ」

「あ、ああ。そうだな、ごめん」

二度目のマキからの声掛けで、ボクは気を取り直した。

メモを再びポケットに突っ込むと、マキの手を引き町へと歩く。

なぜだろう。

考えなければいけないこと。忘れていること。肝心なものがすっぽりと抜け落ちている感覚に苛《さいな》まれる。歩きながら、ここがなんなのかを無意識に理解し始めている自分にも驚く。

それは、自分が目を覚まし、マキと手を繋いだままの状態をすんなり受け入れていることからも明白だ。

「みんなもいる？」

「きっと、ね」

「ふぅん……」

マキはさみしそうにうつむき、それ以上喋《しゃべ》ろうとはしなかった。

「とにかく電波塔に行ってから、ここから出る方法を探そう」

「うん、にぃに」

ボクは、マキが暗い顔をするのを見るのが嫌いだ。

悲しい顔も怒っている顔も、全部。

マキにはいつも笑っていてほしい。

そのために、ボクはここにいるのだ。


歩き進んで行くと、やがて景色が変わってきた。

海辺の森林公園は、とにかく草が伸び放題ですべり台やブランコの鎖も赤茶色い錆《さび》色に変色している。元々生えるはずのなかった砂場からも先の尖《とが》った雑草が生い茂っていて、長い時間の経過を思わせた。

敷き詰められていた四角いタイルの地面も、隙間から何種類かの草がはみ出していて植物の生命力の強さに驚かされる。

マキは歩くたびに「チクチクするぅ」と笑い、ときには「あー!」と苛立《いらだ》たし気に叫びながらボクについてきた。

そうこうしているうちに、景色にさらなる変化が訪れた。

町へ上がるコンクリートの階段を上がると、巨人のような団地の群れがボクたちを睥睨《へいげい》する。

不気味に威圧感を放つ巨大な黒い影は、深い藍色の空は星すら瞬《またた》かず、影を余計に暗い色にした。

このまま進んだら飲み込まれそうだ。

率直にそんな感想を抱いたが、マキの手前、怖がる姿は見せられない。毅然と、この巨人たちに立ち向かわなければならないのだ。そうしないと、空を衝き刺さんとする鉄塔には辿《たど》り着けない。

「にぃに、怖い」

「大丈夫だ。ボクがいる」

半分はマキに、もう半分は自分自身に言い聞かすように胸を張った。

外灯が等間隔に並び、チカチカと不規則に明滅している。一瞬消える光の隙間、そこにある闇になにかが潜んでいるような気がして身震いをした。

握ったマキの手に力がこもる。

絶対に離すものか。マキはボクが守る。

強く一歩を踏み出し、怖いものなどないと言い聞かせながら進む。団地群に辿り着くまでには、緩い坂を登らなければならない。

ボクたちを興味深く見つめている、元々は店であっただろう廃墟《はいきょ》の真っ暗な窓が立ち並んでいた。

時々割れているものもあったり、枠ごとガラスのない窓もあった。

どの店もシャッターが閉まっていて、無口な老人のようにじっとボクたちを見ているようだ。

一歩一歩慎重に歩くボクの横でマキはスキップするようにして歩く。怖いと言っていた割に軽快なマキの足取りにはひやひやするばかりだった。

体格の差で追い抜かれるようなことはないが、正直、気が気でない。

いつ、どこからなにが飛び出してきてもおかしくない。

つま先に小石が当たる。気にはならなかったがふと石が転がるような道ではないと思い、足元に目を落とした。

ボクが蹴っていたのは平べったいコンクリートの破片だ。店の壁や、床が風化して剝がれたのだろう。よく見ればどの建物も今にも崩れ落ちそうで怖い。

これはこれで違った意味で気をつけないと……。

電波塔は目の前に見えているのに、全く近づく気配がない。

このまま永遠にこの坂を登り続けるような気がしてゾッとした。

『もういいか〜い』

唐突に聞こえた声に、思わず足を止める。

『もういいか〜い』

間違いない。誰かが喋っている。いや、呼びかけているのだ。

まるで、かくれんぼの鬼のように。

「にぃに、怖い」

「しっ！」

マキを黙らせると、ジェスチャーで動かないよう指示する。

ボクは耳を澄ませながら、あの声がどの程度の距離から、どの方向から聞こえてくるのかを探った。

『もういいか～い……もういいか～い……』

そんなに離れていない。だからと言ってすぐ近くというわけでもなさそうだ。右手奥から聞こえてくるので、ボクは物音を立てないよう慎重にこの場から離れようとする。

緊張感が手のひらから伝わるのか、マキも同調した。

小さく息をしながら、周りを見回す。隠れるところなんてどこにも見当たらない。

せめてシャッターの開いている店がひとつくらいあれば……。

結果的に、ボクたちは足音を殺して後退するしかなかった。

――どうか、こっちに来ないように……。

ボクは願った。こんな場所であれと鉢合わせたらひとたまりもない。

「……マキ、ボクが合図したらさっき来た道を全力で走るんだ。わかったね」

マキは不安げな面持ちのままうなずく。それを確認し、ボクもいつでも坂を駆け下りられるよう構えた。

『もういいかい……あ〜〜！』

声はすぐ近くだ。だけど姿が見えない。どこだ。

『いた〜あ！』

「……えっ！」

急によく抜ける通った声が響き渡った。

咄嗟《とっさ》に振り返ると、右手すぐの店の窓からボクたちを指さしている大きな人影が目に入った。顔まではわからないが白い服を着ている。

そして、白衣の人影は大きく腕を振りかぶる動作を見せたかと思うと、ボク目掛けてそれを振り抜いた。なにかが飛んで――

ゴッ

息が、止まる

1

「宮部《みやべ》七徒《ななと》……え、宮部七徒先生ですか！」

渡した名刺を両手で摑《つか》み、目が飛び出さんばかりに吃驚《びっくり》する教員の男。二、三度名刺に印字されている名前と私自身を交互に見比べては言葉を失っている。

文字と実物を見比べたところでどうにもならないだろう。

そう思いつつも私は「大げさですよ」と笑った。

「そんな、大げさだなんて！　先生の著書、全部読んでます！」

曲がりなりにも生徒に物を教える仕事なのに、興奮ですっかり語彙を失くしている。

ファンだと言ってくれるのは嬉《うれ》しいが、いささかはしゃぎすぎだ。

「私が書くものなんてホラーばかりですし、そこまで熱狂的だと、変人に間違われますよ」

ぶんぶんと首を振り、やはり私の言葉を否定する教員。肯定したいのか否定したいのか一体どっちだ。

「いえ、私にはわかります。宮部先生の書くホラーには独特のリズムと、深奥を見るような手の触れ難い世界観がある。いや、ルールと言い換えてもいい。私の文学観では最上級に位置づけておりまして……」

まずい。長くなりそうだ。適当なところで切り上げて本題に入らねば、時間がなくなってしまう。

「あ、ああ……そうだ。よかったらサインしますよ。その胸ポケットに入っているメモ帳。そこにどうです」

「ええ、いいのですか！　そんな、私なんぞが畏れ多い……」

「遠慮しないでください。せっかくのご縁ですし」

自分から手を伸ばして教員のメモ帳をポケットから抜くと、びっしりと意味不明なことばかりが書かれてあるページをめくった。

残りあと数ページというところでようやく真っ白で汚れていないページを見つけ、そこにサインを書いてやった。

「これでいいですか」

「おお、ありがとうございます！　これ、家宝にします！」

教員がひとしお喜びに浸り、落ち着くまで私は待った。

教員の男はおおはしゃぎでメモに書いた私のサインを眺めている。ある程度興奮状態が落ち着いたところで訊《き》いたほうがよさそうだ。

「円山《まるやま》ホラー小説大賞受賞作で先生のデビュー作である『厄絶《やくぜつ》の塔』からファンだったんです。独特の世界観と個性的な文章がどうにもツボに入りまして。ああいうのは、どういったときに思いつかれるものなんですか」

思いのほか教員はしつこい。こんなところで無駄話をしている時間はないのだが、ここで彼を無碍《むげ》に扱っては損かもしれない……と渋々話につき合ってやった。

今どきネットに全部載っていそうなプロフィールを高々と謳《うた》い、それを暗記するのがさも名誉なことだと言わんばかりに謳《うた》う。本人なのだからすべて私の知るところだが、作品を褒めてもらえるのは素直に嬉しいものだ。

「それで……小林純兵《こばやしじゅんぺい》のことですが」

「ああ、そうですね。すみません、つい興奮してしまって」

教員は照れ臭そうに頭を掻《か》くと、謝罪を口にしない代わりに何度か頭を下げた。

こちらへどうぞ、と促されついてゆく。校内の廊下はどこかひんやりとしていた。

「小林くんはねえ、どうも人見知りというか。いや、あれは人嫌いだと言っていいんじゃないかな」

「人嫌い……。それは誰に対しても？」

「ええ、私も含め教員に対してもクラスメートに対してもそれは同じでして。例外はなかったように思います」

夏休み中だからか、静まり返っている校内はどこか物憂げな印象だった。

私の前を歩くこの男の背中すら、どこか寂しさを手伝っているようにも思えてくる。

「それにしても宮部先生はなぜ小林くんを？」

「ええ、ちょっと近しい人物でして」

関係を聞かれたらどのように答えようかと思い、いくつも答えを用意してきたというのに私は満足できるような返事ができなかった。

書くのは得意でも喋《しゃべ》るのは苦手とは、やはり作家を職業に選んだのは間違いではなかったようだ。反省にも近い気持ちを溜《た》め息と共に吐き出した。

「なるほど。ご親族というわけですか。それは知りませんでした」

「いえ」

嘘《うそ》はついていないが、男に対し少しうしろめたい。

やがて階段に差しかかり、教員の男が上階へ上る。この男の名前は確か聞いたはずだがすでに忘れてしまった。全く、呆《あき》れる悪癖だ。

「この部屋が、小林くんが『落書きした』工作室です」

そう言って男は鍵を差し込み、扉を開いた。

油と錆《さ》びた鉄のような、独特な臭いがする。遅れて木材や薬品の臭いも。

「……彼は、どこに？」

「ええ。ここですね。ここに倒れておったんです」

男が指差したのは、鳥居の形をした『开《かい》』の字。ひと目で誰かが手書きで書いたのだとわかる。男が「落書き」と言ったのはこれで間違いないだろう。

その『开』のそばの床。板張りでニスが照りを出しているそこに小林純兵はいたのだという。

「誰が見つけたんですか」

「技術工作部がこの教室を使っていましてね、部員の子が見つけたようです」

「ちなみに……」

「ああ、発見者の子ですか？　残念ですがそれはその……」

時代が時代だ。そう簡単には教えられないのはわかる。ここへきて迷惑をかけるのも悪いと思い、私は柔らかく辞した。

「これ、写真を撮っても？」

「ええ、大丈夫ですよ。どうですか、話のネタに使えそうですか」

「そうですね、大いに役立つと思います」

本当は創作には全く関係のない理由で動いているのだが、わざわざ言わなかった。

説明するよりも、嘘を吐く微《かす》かなうしろめたさのほうがはるかに楽だと思ったからだ。

「気を失っていたんですが、部員が驚きの声を上げるとすんなりと目を覚ましたそうです。そして、ぶるぶると震え出したかと思うとその場で吐いたと聞いています」

「詳しく知っていらっしゃるんですね」

「ええ、忘れませんよ。なにしろ私はそのとき、技術工作部の顧問でしたもの」

なるほど。合点がいった。というよりそれなら気づいてもよさそうなものだが。

ひとり納得した私は、ひと通り写真を撮ると教室を出た。

「よかったらお茶でもいかがですか。先生の作品のお話も聞かせてくださいよ」

その誘いを「このあと予定があるので」と体《てい》よく断り、残念な表情を顔いっぱいに貼りつかせた男を背にその中学校をあとにした。

仕事以外で小説の話をするなんてゴメンだ。

2

「……ん」

目を覚ますと頬や腕にごつごつとした感触があるのに気づいた。

顔を持ち上げると若干肌に張りついていたのか、ぺりぺりと剝がれるように頬が離れた。

同じ感じを地面と接地した右腕にも感じる。

上体を起こし、頬に触れるとでこぼことした跡がついているのがわかった。

「どこだろう……」

つぶやき、自分が寝ていた地面を見るとなるほど下は砂利だ。ごつごつした感触と張りついた感じはこれのせいだったのだ。

地面から目を上げると、急に視界一杯の巨大ななにかが飛び込んできた。

圧倒され、息を呑《の》んだまま一瞬固まったが、落ち着いて見るとなんのことはない。ただの車だ。目の前に停《と》まっている車を見て、正体がわからずに驚いただけだった。

「なんだよ」

溜め息を吐き出し、安堵《あんど》に胸を撫《な》でおろす。

驚いたことには違いないが、車ごときに呼吸を乱しすぎた。ふと我に返り、振り返ってみるとボクはまともな精神状態じゃなかったのではないか。

試しに胸に手を当ててみる。鼓動は自分が知るよりも早く脈打っていた。

意識していなかったが、どうやら極度の緊張状態だったらしい。なぜ？

それだけじゃなく、どうしてこんなところで寝ていたのだろう。訳がわからず、ボクは無意識に宙を見上げた。

「……あ」

少しずつ頭がすっきりしていくのと同時に、消えかけていた映像が鮮明になっていく。その映像とは、今ボクが見ている現実ではなく、ほんの少し前まで見ていた全く違う現実だ。現実がふたつ？　なにを言っているんだ。ボクは。

ふと視界の隅でなにかが触れた。

すぐにそのなにかを追おうと視界を戻す。

「なんだこれ……」

ボクの目の前の車のドアに、石かなにかで傷がついていた。それに違和感を覚えたのだとわかったのだが、問題は傷の形。

これは傷がついた、というよりは傷がつくように落書きされたようにしか見えない。

手元の地面で砂利が鳴る。

――そうだ、石だ。

辺り一面に敷き詰められた砂利の石で、おそらくこれは傷つけられたのだろう。

車のドアには『开』と書き殴られていた。さすがに車の所有者自らがこれをやったとは思えない。だとすれば第三者。悪質な人間もいるものだ、とボクは傷から目を逸《そ》らした。

それよりも、脳裏にちらつく映像だ。現像液に浸けた写真が徐々にその全容を明らかにするように、ゆっくりと時間をかけてよみがえってくる。

──確か、ボクは島に……いた。

ふと、左手にぬくもりを感じた。

そう、島にいて、ボクだけじゃなく、もうひとり誰かが──。

「マキ！」

そうだ！　マキだ。

ボクはあの島でマキといた。そして、マキを逃がすために電波塔へ向かっている最中、何者かに……。

──何者かになにをされた？

ふと思考が止まる。実際はすでに思い出しているが、思い出したその映像はとても本当にあったことなのか疑問に思えてきたのだ。

──だって、ボクはあのとき……死んだじゃないか！

何者かが真っ暗な窓辺からボクにめがけてなにかを投げた。それがなにかはわからなかったが、刃物のようななにか鋭利なものであるということだけはわかった。

自分が死んだ瞬間、脳に冷たくめり込んだそれの感触だけはやけにはっきりと覚えている。

やはり。

思い返せば思い返すほど、確かにボクは死んだはずだった。

だが、この目の前にある景色はなんんだ。それにここは島じゃない。

一体、なにがどうなっているのかボクには全くもって理解不能だ。とにかくわかっているのは、ボクにとってどちらの『現実』も圧倒的なリアリティを持っていた。

形容しがたい絶望感と虚無感、孤独と恐怖。それらに支配され死神は理解だけを置きざりにした。理解とは『死』。その瞬間ボクは、『死』を理解したのだ。

こんなにも短時間の中で、ボクは二度も『死』の恐怖に囚《とら》われた。

だが、決定的に違うことがある。

一度目、ボクは確実に『死んだ』。しかし、今回は『死んだことを思い出した』がゆえの感覚の回帰。生きているのに『死』を思い出したのだ。

「はあっ……！　はあっ……！」

汗が噴き出し、呼吸が荒くなる。

怖い。死が怖い。死ぬことが怖い。死が存在することが怖い。もはや生きることが、息をすることすらも怖い。

「いやだ……！　もう、あんなの……絶対！」

無意識に額に手をあてる。頭を割ったなにかの冷たい感触がよみがえる。脳天から瞼《まぶた》までざっくりと深く突き刺さった刃物は、ボクが体の制御を失い、倒れた拍子に地面に転がった。変わりに割れた頭から赤黒い血が染み出し、脳漿《のうしょう》と混ざってさらに粘度を増した。意思とは無関係に痙攣《けいれん》する指先は言うことをきかず、ただ赤い空を見つめていた。

……にぃに。

この世の負をすべて背負ったかのような絶望の闇の中、ひとつの声があった。

「マキ……」

考える間などなく、反射的にそれがマキの声だとわかった。

「そうだ、マキ！　マキは！」

咄嗟《とっさ》に左手を見る。繋《つな》いでいたはずのマキの右手がない。右手どころか、マキの存在自体が掻き消えてしまった。

「マキ！　マキー！」

跳ねるように立ち上がり、名を叫んだ。

マキは、マキは確かにボクの手を握っていたはずだった。最後の最後まで、ボクは一瞬たりとも離したりはしなかった。

ボクがあの場で死んだとするなら、彼女はどうなった？

窓辺の白い影。記憶の中のソレはぼんやりと輪郭もはっきりしないのに禍々《まがまが》しい雰囲気だけは全身から噴き出していたように思う。

その正体は殺意だ。その殺意にボクは直接殺された。

マキも殺されたのか？

「そんな……そんなバカな！」

絡まりそうな足であちこち走り、マキを捜した。

その姿はない。

「マキ！　マキーー！」

無我夢中で叫んでいると、不意に視線を感じた。

振り返り、左右を確認しても視線の正体はわからなかったが、ふとひそひそと潜めたような声に顔を見上げた。

廊下の窓から生徒たちがボクを見て笑っていたのだ。

その光景が、ボクを唐突に正気にさせた。

「学校……？」

ここは、あの島じゃない。この校舎もよく見れば見覚えのある形だった。

マキと白衣の人影以外、誰の姿もなかったあの島とは違い、見上げた窓の外は賑《にぎ》やかだ。

女子生徒も男子生徒もこぞってボクを見下ろし、好奇の色を浴びせかける。

しかし、ボクはそれどころではなかった。そんな好奇の目に精神を削られている場合ではないのだ。

——マキがいない。あのあと、マキは一体どうなってしまったんだ！

白衣の人影に殺されたあと、彼女は逃げおおせたのか。それとも彼女もまた――。

「うわああああーー！」

自我が飛んでいくのが自覚できた。

突然、叫び出したボクに驚いた生徒たちはざわめき、笑ったり指を差したりあるいは大声で罵倒したりした。

「おい、なんの騒ぎだ！　小林、どうした！」

教師が数人、騒ぎを聞きつけてやってきた。

無理矢理押さえつけられ、自由を奪われる。それでもボクは両手両足をばたつかせ、暴れた。抵抗は虚《むな》しかった。

3

母の溜め息で胃を摘まれたようにチクリと痛んだ。

言いたいことがあるのに我慢している。そんなとき、決まって漏れる溜め息だ。

「もう部屋に戻っていなさい」

「うん。……お母さん」

「なに？」

母は不機嫌な声音で振り返る。表情を目の当たりにして、不機嫌なのは声音だけでないとわかった。

「……部屋にいる」

そうしなさい、とぶっきらぼうな言葉を投げつける母から逃げるように、ボクは自分の部屋に戻った。

本当は母に「ごめんなさい」と謝るつもりだった。だが、母の剣幕を前に続く言葉を失ったのだ。

我ながら情けないし、恥ずかしい。

しかし、仕方がないのだ。これがボクという人間の性格なのだから。

ボクは母とふたり暮らしだった。住んでいるのは学校から十五分ほどの賃貸マンション。駅からはかなり遠い。

立地の悪さは賃料の安さに比例する、と前に母が言っていた。

小学生の頃は優しかったが、ボクが大きくなるのに比例して徐々に態度が変貌していった。きっと、背が伸びて母を追い抜いてしまったのが原因だ。

手を繋いで頭を撫《な》でていたはずの子供が、いつの間にか見上げるようになってしまったのだからかわいいはずがない。ボクも、母の気持ちが冷めていくのは感じていた。きっと成長と共に父親と似てきたからだと思う。

おまけにいつまで経《た》っても学校に馴染《なじ》まない。友達もできない。

ただ体が大きくなっただけで、内面が成長していない。

そのアンバランスさに母は愛想を尽かしたに違いなかった。

だが、こうして家に住まわせてもらっているだけありがたいと思わなければ。それだけで母の、ボクに対しての僅かな愛の残り香を感じることができるから。

部屋に入ると、電気も点《つ》けずボクはベッドに身を投げ出した。

ふたり暮らしで、安い賃貸マンションとはいえ部屋もあるし、広さも申し分ない。

母ひとりの稼ぎでよくぞここまでの物件に住まわせてもらえるものだ、と常日頃思っていた。

人並み以上の大変な仕事をしているに違いない。それに加えて家事もやっている。母ひとりにやらせては悪いと、何度か手伝おうと働きかけたがいずれも断られた。

自分の仕事は他人に邪魔されたくないのだ、と母は言った。

自立した人だ。だからきっと、ボクのことも邪魔になりはじめたのだと思う。

そうでないとあの冷たさに説明がつかない。

――十五歳だもんな。こんなボクなんてかわいくなんてないよな。

入ったときは真っ暗闇だった部屋も、次第に目が慣れて朧気《おぼろげ》に室内が見えてる。

勉強デスク、タンス、スーパータリオのぬいぐるみ、本――。

闇でなくなった部屋は途端に退屈な空間となった。

「そうだ……」

ふとボクは思い出した。こんな夜には、あの子と会うに限る。

思い立つとボクはベッドから立ち上がり、息を止めるとカーテンを開けた。

『にぃに』

ベランダの手すりに腰かけ、足をぶらぶらとしながらマキがボクに笑いかけた。

ガラスに張りつき、息を止めたままボクもマキに笑いかける。

するとマキは、手すりから飛び降りるとベランダに立ち、ガラスにへばりついているボクの手のひらに自分の手のひらを当てがった。

——マキ。

『にぃに、行こう』

——行こう？　どこに？

近くで見るマキの顔は、どこが自分に近しいものを感じた。強烈な親近感のような、まるで兄妹のような。

息を止めたときにだけ現れる……いや、視《み》えるこの女の子が自分の妹だなんて考えられない。なぜならボクはこの家でずっと母と暮らしているからだ。ふたりきりで。

けれど理屈では説明できないこの感情が、強くマキを求めた。

『行かないの？　にぃに』

——……行くよ。行くに決まってるだろう！

ベランダを開け放つ。興奮したからか、いつもより息が続かない。

この場が海の底になってしまったように、ボクは手で自らの口を塞ぎながらマキの手を摑《つか》んだ。

瞬間、島でのことが濁流のように押し寄せ、頭の中になにもかもよみがえる。

——しまった……！

そう思ったときにはもう遅かった。

世界は、暗転する。

4

「にぃに、にぃに！」

はっ、と自分でも意識外の声が漏れ、ボクは飛び起きた。

視界に広がる藍色の空。星はない。

見覚えのあるその場所に、ボクは大きく嘆息する。

「またた……！　またここかよ……」

「にぃに？」

ボクの顔を覗《のぞ》き込むマキのつぶらな瞳に、無理矢理笑顔を作るがうまくできた自信はなかった。

「そうだ、マキ！　お前大丈夫だったか！　怪我はないか」

ボクの問いかけにマキは首を横に振った。ボクのほうでもざっと全身を目視するが目立った外傷はなさそうだ。

それより……と口に出すが、そこから先の言葉が詰まる。

目の前には藍色の空。見上げるわけではなく目の高さにあった。つまり地上ではないということだ。ふと尻が冷えているのに気づき腰のあたりを見ると、ようやく現状が把握できてきた。

ボクはどうやら階段に座り込んでいるらしかった。そして、やけに高い目線は建物のかなり上階であるということ。落ち着いて見れば、空とボクとの間にはペンキが剥がれ落ち、赤茶色く錆びた手すりがあった。

上体をずらして階段の上を覗いて見ると、思った通り重たそうなドアが一対あった。

「ここは団地か……」

つぶやいたボクの言葉にマキが何度もうなずいた。

「にぃに、どこに行くの？」

「どこにって……そうだ、そうだった！」

思い出した。ポケットに「電波塔へ行け」と書いたメモが入っていた。それに「B36-502　フジイ」という記述も……。

「マキ！　ここは何棟か、団地の壁に数字が書いてなかったか？」

マキは申し訳なさそうに首を横に振るのみだった。

自分たちが今いる場所が団地だということと、あのメモの数字の羅列が頭の中で符合する。そうか、あれはきっと団地の所在を記しているものなのだ。

メモを確かめようとズボンのポケットをまさぐる。

「ない……ないぞ」

尻のポケットにもない。上着はトレーナーでポケットはついていない。どこかで紛失してしまったのか。

「にぃに？」

心配そうにしているマキに「なんでもないよ」と笑ってやる。すると彼女は安心したようにはにかんだ。

左手はマキと繋いでいる。

そうだ。これでいい、この手はもう離さないからな。

今、自分がいる棟がどこなのか判然としないが、とにかくここにいても埒《らち》が明かない。

○4○

とりあえず、今いる棟からしらみつぶしに「フジイ」なる者の住んだ部屋を探さなくては。

電波塔へ向かうことも重要だというのはわかっている。が、記憶がよみがえったボクには、あそこに向かうまでの危険な道のりを知っている。

死角のない、一本道。狙い撃ちされたらひとたまりもない。

フラッシュバックのようにしてまた殺されたときの記憶を顔面から浴びる。

心が折れそうになるのを耐え、とにかく……とつぶやいて立ち上がった。

立ってみてわかったが、ここは最上階らしい。坂に沿って並んだ団地のため、見晴らしがよく実際の高さよりも高く感じる。

自分が目を覚ました階段を上がるとさっき覗いた鉄のドア。これもやはり至る所が錆びているが、潮風に直接さらされていないからか踊場の手すりよりもペンキが多く残っている。

「なんだか世界地図みたいだな」

ボクがそうつぶやくとマキは可笑しそうにキャッキャッと声を上げて笑った。

プレート型の表札を見ると「５０１」とある。この団地は五階が最上階らしい。

ということは、対になっている向かいの部屋が――。

「やっぱり。こっちは５０２だ」

その下にある名前のプレートは埃《ほこり》で汚れきっていた。住民の名前がちゃんと書いてあるらしかったが、判別がつかない。

手を汚すのは厭《いや》だったが、仕方なく指で埃をこそぎ落とした。積年積もり積もった飴色《あめいろ》の埃が澱《おり》のように指の腹に積もった。

その気持ち悪さに顔を歪《ゆが》ませながら、鮮明になったプレートに目を戻すとボクは思わず声を上げそうになった。

「フジイ……フジイだ！」

プレートには確かに「藤井」とあった。いくらなんでもこれをフジイ以外で読むことはないはずだ。

思いがけずすぐそばにあった目的の場所に、ボクは興奮した。そして、その勢いのままドアノブを回す。

「あ、あれ……」

ドアはボクのことなどまるで相手にしていないかのように、びくともしなかった。

壊れているとかではなく、単純に鍵がかかっているのだ。

「どっからどう見ても廃墟《はいきょ》なのにな……」

そう、この団地……というよりこの一帯にはまるでひと気がしない。人の息遣いも、生活の臭いも、音も、全て人がいなくなったあとに錆《さび》と埃に変わってしまった。

ボクが殺される前に通ったところもみんなそうだ。海沿いの公園にある、草木の伸びようの放置加減。すべてシャッターが閉じ、息絶えた商店街。鳥に肉を啄《ついば》まれ、骨だけになってしまったかのような電波塔。そして、古びて罅《ひび》だらけの団地群。

島ごと廃墟になってしまったまさに『廃墟島《はいきょじま》』と呼ぶにふさわしい光景だった。

島に住んでいる者がいないのに鍵がかかっているものだろうか。鍵の部分が錆びついているから開かないとか？　それならば力でどうにかなりそうなものだが、子供の力では難しいかもしれない。

「どうしたもんかな……」

わけもなく天を仰ぐ。それでどうとなるわけではないが、八方ふさがりなのは明白だった。

左手はマキと繋いだまま、右手でズボンのポケットをまさぐってみる。

ポケットの中で指先がなにか固いものに触れた。チャリ、という音が微《かす》かに鳴る。

「え、まさか……」

一度ならず二度までも、と疑ったがボクの予想は当たった。

ポケットの中に、鍵が入っていたのだ。この部屋のものとは限らないとは思いつつ、この期に及んでそんなことはあり得ない、と確信もあった。

案の定、鍵穴にすんなり挿さったそれはボクの期待を裏切ることなく、スムーズに回った。

なるべく音を立てないよう気をつけながら、靴も脱がず三和土《たたき》を上がる。

埃とカビ、古くなった木と畳の臭い。清々《すがすが》しいくらいに、人の臭いを感じない。

表札に「藤井」とあったのだから、過去に藤井という住民が住んでいたのだろう。

だが物言わぬ家具以外、それを物語るものはない。

澱のように積もった埃が畳の上、……おそらく在りし日には居間に使われていたのだろうか、その部屋の中央にはかなり古いタイプのダイヤルのついたブラウン管テレビが鎮座している。押し入れにはふすまがはまっておらず、中が剝《む》きだしのままだ。布団はない。

窓からは割れた排水ダクトが濁った水を滴らせ、壁に凭《もた》れて座っているかのような背の低いタンスがあった。

あとは台所ともう一部屋あるがそれだけの狭くコンパクトな間取り。すべてを見て回るのにさして時間は必要なさそうだった。

トイレのドアを開ける。中のようすは他の部屋と大差ないが、水回りだったということもあり独特の湿り気があった。とはいえ、覗き込んで見ても便器に水は溜まっていない。アンモニアの臭いはするがむせ返るほどのものではなく、気味が悪いのはその狭さからくる圧迫感だけだ。

次に浴室に入ってみた。うって変わり、ここはすぐに異様な感じがした。

「くさい」

マキが鼻をつまんで眉をしかめている。

「ちょっと我慢して」

そう言いつつ、ボクも臭いをできるだけ最小限に抑えるために小さく呼吸した。

浴室内は黒茶色や緑のカビでびっしりと覆われており、床もぬめっていて滑る。狭い浴室の中は泥臭い悪臭が充満し、入るだけで不快感に顔が歪んだ。

バスタブは蓋がかぶせられている。近づいてみたものの厭な予感しかしない。

「やめよう、にぃに」

不安そうにマキは引っ張るが、ボクはここでも笑ってみせ、「大丈夫だから」と説得した。

そうして、二度大きく深呼吸をしてから蛇腹状の風呂フタをめくった。

「うっ！」

思わず声が漏れる。

バスタブの中は真っ黒で、触らなくともわかるほどドロドロとした水が溜まっていた。

そこから漂う強烈な臭気が、浴室中のカビや菌を繁殖させているのだと直感した。

——この中になにかあるのか？

考えるそばから否定したくなる。いや、これは拒否だ。

このおそろしくも醜悪な液体の中に手を入れるなんてありえない。ここから眺めているだけでも怖気《おぞけ》で鳥肌がたつくらいなのだ。

にたり、と笑いかけるような鈍い水面が「やれるものならやってみろ」と言っているように見える。冗談じゃない。願い下げだ。

しかし、だからといってここを調べないわけにはいかない。どうにかして触れずに中を調べられればいいのだが。

「にぃに、あれ」

マキが繋いだ手を引き、浴室の一角を指さした。

そこには棒のようなものが屹立《きつりつ》していた。よく見てみると、先がアンテナのようになり穴が空いている。これは、湯かき棒だ。

「やるじゃないかマキ！　これは役に立つよ」

「にぃに、えらい？」

ああ、えらいぞ、よくやったと、頭を撫で褒めてやると、マキは嬉しそうにはにかんだ。

サラサラとした髪が揺れ、ここがカビと悪臭の空間だということを瞬間的に忘れさせた。

すぐに戻ってきた不快感を振り払うように、ボクは湯かき棒を手にする。

湯かき棒を鈍い湯の中に押し込むと、ちゃぽん、とも鳴らず、むしろ「ずぶり」と突き刺す感触があった。

まるで泥。コールタールのようでもある。そもそも湯ではなかったのではないかと疑う気持ち悪さだ。

ずぶずぶと湯かき棒が飲み込まれる。底に当たった時点で湯かき棒が湯から出ているのは十センチほどだった。

——深さは五十センチくらい……かな。

そう思いながら片手で中を掻き混ぜるようにして探る。

両手で回すことができればもうすこし楽だが、片手はマキと繋げているのだからそういうわけにもいかなかった。

ドロドロの風呂の中で、カツン、となにかが当たる感触がした。

湯かき棒にそれを引っ掛け、水面に揚げる。姿を現したそれは、仏像のようだった。

棒に引っかけたままそれを浴室の外に出し、台所にあった薄汚れた布で仏像を拭いてシンク台の上に立たせた。

「これは……」

骨を抱える仏像。なんだか物騒な像だ。

「せんじょうさまー」

マキがはしゃぐように仏像を指さした。

「せんじょうさま?」

「うん。これ、せんじょうさま」

「知ってるの」

「せんじょうさまは、おおらかで、じひぶかい、じんみんのための、きゅうきょくのきゅうさい。しんじんぶかいものほど、ふかくあいしてくださる。ししたあともせんじょうさまみずからのてで、ほねをおあらいになる。そのほねは、きんとなり、りんねてんしょうのとき、とくのだちんとしてよりすばらしきにんげんにうまれかわる」

啞然《あぜん》とした。

マキはたどたどしい口調ながらも、一度も詰まらずにすらすらと長い経のような文句を言ってのけたのだ。

外見の割に言葉づかいが幼稚だと思っていた（おそらく五～六歳くらいだろうか）。だがこの文句に関して言えば、そんな印象など吹き飛ぶ。むしろ年齢よりも大人びているような内容だ。

急に人が変わったように喋り始めたのではなく、おそらく暗記したものなのだろう。マキ自身が、自分が言った言葉の意味を理解しているとは到底思えない。

それ以上に、ボクはマキの吐いた言葉の、異常とも思える内容に戦慄していた。この内容はまるで宗教の歌だ。

ボクはせんじょう様なる像を見つめ、どんなまなざしを向けていいのかわからず終《しま》いには目を逸らした。これを見続けるのはなんだか辛《つら》い。見ていられなかった。

聞いたこともない神か何かであるせんじょう様——だがどうも耳馴染みがあるような気もする。

ジジ……ジジジ……

どこからか妙なノイズのようなものが聞こえてきた。

遠くから波がさざめく音はあっても、それ以外はなかった。強いていうなら時折強く吹く風音だろうか。それ以外の音は沈黙と抱擁しているように静かだ。

だからこそ、余計に今聞こえたノイズの不自然さが際立った。

ジジ……ジジジ……

近くから聞こえる。近く、と言ってもこの周辺というものではない。この部屋のどこかからだ。

マキに振り返り、人差し指を唇の前で立てる。

(しゃべるなよ)

声を出さずに動かした唇を読み、マキはこくこくとうなずく。

バチ当たりなのは重々承知だが、そばに手ごろな武器がないのでせんじょう様を逆手に持って構えた。いつかのときのように白衣のナニカが襲ってきたら、これで対抗するほかない。

ジジ……ジジジ……ジッ

『……では警戒を強めており、行方がわかっていない信者の…………毒物混入と詐欺の疑いが持たれており………県警では慎重に調査………身元のわからない……が一名……』

突然聴こえたノイズ混じりの声に身体が固まる。

途切れ途切れの音声からすぐにそれが生身の人間の声ではなく、テレビかラジオから流れてくる古いニュース音声だとわかった。

――ラジオ？　そんなものあったっけ……でも、テレビなら。

脳裏に浮かぶ居間に鎮座していたブラウン管テレビ。

考えられるのは、それしかない。だが電気どころかガスや水道などのライフラインが一切断絶しているようにしか思えないこの島において、テレビが勝手に点く……なんてことがありうるのだろうか。

『ど、……こ………でしょうねぇ～……オマッ………え……たち！』

鉄の熊手で背筋を引っ掻かれたような悪寒に身が震えた。

テレビの音声らしき音は、次々とひとりでにチャンネルを変え、タレントやアナウンサーの声を器用に切り取りながら「どこだおまえたち」という意味の言葉を発したのだ。

間違いなく、得体の知れないナニカがボクたちを捜している。その確信だけがこの場に確かにあった。

『いるー！　……know…………輪っ…………勝手、……るよ』

――『いるのはわかっているよ』……。

血が凍る。無意識に息を止めていた。やけにやかましい音が止まらない、邪魔な音だ、と思っていたらそれは自分の心臓の音だった。

あれはただのテレビの音声ではない。ナニカが、いる。あの部屋、居間にナニカが。

本当なら、ここにマキを隠しておいてボクだけでようすを見に行きたいが、手を離すわけにはいかない。このまま足音を殺してここから逃げることに全力を傾けなければならなかった。

台所の陰から、恐るおそる居間を覗き込む。

そこには、変わらずテレビが鎮座していた。やはりテレビは点いていたが、画面は砂嵐で、なにも映っていない。

テレビの周囲にナニカがいるはず。間違っても先に向こうがボクたちを発見するようなことはあってはならない。

ストップモーション映画のように少しずつ体を動かす。徐々に居間のようすが明らかになってゆく。数ミリ、数センチ……そしてようやく部屋の隅々まで目視できるほど。

だがボクの予想を裏切り、部屋にはなにもいない。埃のかぶったテレビとタンス以外、なにも。

そしてそれはボクがさっき見たそのままの光景からなにも変わっていなかった。

ただひとつ、テレビが点いていること以外は。

ジジ……ジジジ……

砂嵐の画面からノイズ。そして、砂嵐の中に不自然なバランスでなにかが浮かびあがる。

——なんだ……？

早くここから離れなければならないというのに、画面にくぎ付けになって動けない。

一体、なにが起ころうとしているのだろうか。

ジジ……ジジジ……

徐々にはっきりと輪郭を帯びてくる画像。……いや、これは画像ではなく字だ。

漢字一文字……。難しく、見たこともないため読めない。なんと書いているのだろうか。

〈鏖〉

ガタンッ、となんの前触れもなくテレビが前のめりに倒れた。突然のことに肩を震わせる。

同時にそれはボクを我に返させるきっかけにもなった。

「行こうマキ！」

マキの手を引き、立ち上がろうとしたとき——。

不意に畳を叩《たた》くような音に思わず振り返った。

前に倒れたテレビが鎮座していた場所は、長年そこに置きっぱなしにされていたため四角くテレビ台の形にへこんでいて、黒ずんでいる。そこがまるで穴のように真っ黒なのが印象的だった。

だが驚いたのはそこではない。その黒ずみから二本の腕が這《は》い出てきたのだ。

「うわああ！」

ボクは悲鳴を止められなかった。

逃げなければならないとわかっているのに、ボクの目はその不自然に這い出した腕を焼きつけ、あとずさってぶつかった背中が壁に張りついたように動けない。

腕は、黒ずみから体をだそうとしているように手のひらを畳にめり込ませ、踏ん張るような姿勢をとった。そして、実際、ボクの想像通りに胴体がずるりと這い出てくる。

「にぃに、怖い！」

「そ、そうだ……！　逃げよう！」

そう言ってマキの手を引き、駆けだそうとするが足がガクガク震えてうまく走れない。

怖がるマキを守ってやらねばならないのにと、情けない気持ちでいっぱいになった。

だが情けない思いと同時に、ボクの全身は圧倒的な恐怖に支配されていた。

恐怖に足がすくんでいたのだ。

『究極の……救済……』

その声に振り返ると、ナニカの体は片足が出ている。残りのもう片方の足が出てしまえば全身だ。

不思議なのは、頭がないことだ。首無しなのか。

それだけではなく、黒ずみから現れたそれは白衣姿だ。そう、あの坂でボクを殺したあの白衣と同じ。

ひとつ違うのは首元から肩、胸にかけて真っ赤に染まっていたこと。まるで首を斬り取られたように。

唾を飲み込むことでさえ音を立てそうで怖い。

もぞもぞと動くそれにはやはり頭がなかった。断面から飛び出している首の骨、黄色い皮下脂肪がドーナツ状に円を描き、その中の赤い筋肉がぬめり気のある血を光らせている。唐突に空いた穴は喉の器官だろうか。漫画で見たそれとはまったく生々しさが違う。

全身に怖気《おぞけ》が走り、びりびりと感電したような震えが止まらない。すぐにでも逃げ出したいのに体が動かなかった。

体格から判断するに、首無し人間は男性のようだった。這いつくばった体には首がなく、前のめりに倒れたテレビがまるで頭のようだ。

そう思いながらも動かなくなった足を叩きながら壁を伝ってゆっくりと玄関へと向かう。

首無し男の、全身がついに現れた。そして、倒れたテレビを両手で掴み上げると自らの首元に擦《こす》りつけるような動きを見せる。

――早く逃げなきゃ、早く逃げなきゃ……！

頭で念じる言葉は繰り返すごとに強くなるのに、体はそれに答えてはくれない。

このままでは絶望的だ。

「マキ！　ボクはもうだめだ、動けない！　お前だけでも逃げろ！」

「だめ！　にぃに、にぃにいないとイヤ！」

「わがままいうな！　このままだとふたりともアレに殺される！」

「イヤ！　絶対イヤ！」

マキはそう言いながら、頑として手を離さない。ボクだって殺されるのは絶対に厭だ。だが、ふたりともこんなところで無駄死にするのはもっと厭なのだ。

ジジ……ジジジ……

『究極のぉ～救ぅ～～済ぃいい・い・いぃ～』

ついに首無し男がゆらりと立ち上がった。その全身を見たボクは、

「ぅぅぅうわああああああっっっ！」

我慢できずに絶叫を上げた。その姿はあまりにもおぞましく、ボクの正気を奪うのに充分だった。

首無し男だったはずのソレは、テレビが頭になっていた。砂嵐の画面には中央に唐突に現れた顔。青白く生気を感じない。画面いっぱいに大きくなったり、歪んだりと安定しな

い感じが余計に恐ろしかった。

そして、チャンネルを切り替えるダイヤルや、電源、ブラウン管と枠の隙間からは血のような赤黒い液体がだらだらと垂れている。

なにより画面の男の顔がだらしなく笑っているのが怖ろしかった。

「にげ、逃げろ！　マキ！」

「イヤ！　ひとりはイヤなの！」

『Q～サイ～』

テレビ男が近づいてくるのに、ボクは逃げ出すどころかその場に尻もちをついてしまった。

マキのことを気にしてはいるが、崩壊すれすれの精神状態の片隅でかろうじて引っかかっているだけのようなものだ。

今にも意識が飛んでしまいそうな中、どうにかマキだけは……とボクは繋いでいた手を無理に引き剝がした。

「にぃに！」

「逃げ……」

逃げろ、と言いかけたとき、目の前からマキが掻き消えてしまった。その場から忽然《こつぜん》とマキはいなくなってしまったのだ。まるで最初からいなかったかのように。

混乱した頭の中に残った僅かな正気が理解できたのはひとつ。

だから、手を離してはいけなかったのか――。

「うわあああああ！」

そして、ボクの精神は完全に異常をきたした。恐怖に慄《おのの》き、叫ぶことしかできない木偶《でく》人形と化したのだ。

『今日のぉ……お料理はぁあ、蒸し鶏のぉほほほ～』

テレビ男はめちゃくちゃなイントネーションで言葉を発しながら、なのにしっかりとした足取りでボクに近づいてくる。

そして、ボクの足元に転がっているせんじょう様を拾い上げるとなにやら拝み、聞いたことのないお経のようなものを唱え、片手でボクの頭を押さえつけた。

『ありがとうございます！』

ボグンッ
視界が烈《はげ》しく揺れ、歪む。頭の中がぐわんぐわんと震え、訳のわからない反響音で気がおかしくなりそうだった。

ボグンッ
「ぶふっ！」

口からよだれと血が噴き出す。鼻からも滝のように血がだくだくと溢《あふ》れた。

ボグンッ
次にめくれた頭の皮が瞼《まぶた》にかかり、片方の視界が閉じる。
ボグンッ
ぶよぶよになった頭部めがけ、執拗《しつよう》に殴打が繰り返された。
ボグンッ
あっ。
ボグンッ
あっ、あっ。
ボグンッ
はひっ。
ボグンッ、ぐぢゃ

5

瞼からよみがえる視界。
目の前には壁。『开《かい》』。
二度目の覚醒は、すぐに現状を把握することができた。

ボクはまた殺されたのだ。

度重なる死の恐怖。暗澹《あんたん》。戦慄——

それらは二度とあの島に戻らないと強く決断させるには充分だった。繰り返し、死ぬ。気が狂いそうなほどの恐怖と痛みを二度も味わったのだ。

『ボグンッ』……あれが夢なはずがない。悪夢などという安い喩《たと》えでは表現できるはずもない、強烈な体験。確かにボクは死んだ。確かに、殺されたのだ。

しかし、「二度とあの島には戻らない」と誓った鉄の意志よりも、マキの安否に対する心配が上回っていた。

あのとき、手を離した瞬間にその場から姿を消したマキ。

マキは、一体どこへ消えてしまったのだろう。いや、どこかに行ってしまったのではなく本当に消滅してしまったとしたら……。

悪い妄想を振り払うように、横になったままで頭《かぶり》を振った。

頭痛に頭を押さえながら、立ち上がる。今度はどこだろうか。やけに狭いし、悪臭がする。この悪臭は……アンモニアだ。鼻腔《びこう》に突き刺すような強烈な悪臭。

考えなくとも鼻が場所を教えた。ここはトイレだ。

薄汚れたベージュ色の薄い壁は無数の落書きや、タバコの焦げ跡でびっしりと埋め尽くされている。

どれも見るに堪えないくだらない内容だった。

――どうしてこんなところに。

もはやそれを考えるだけ野暮だという気もするが、とにかくボクはまた知らない場所で目を覚ましたようだ。

自分の頬、胸、腰、足、腕――。ちゃんとついているのか、無事なのかを確認し、最後にようやく生きていることを実感する。

同時にここがあの島でないことも。

波の、喧騒《けんそう》

1

今日も、ボクの視界にはマキがいた。

決まった場所ではない。どこにでも彼女はいる。ただし、息を止めたときだけに視《み》える仮初《かりそめ》の存在だ。

マキはまだ小学生にも満たないほど幼い。そのことはわかっているつもりだったが、不思議とボクは彼女に惹《ひ》かれていた。

十近くも歳《とし》が離れているのに、どこかボクと似ているような気がした。

どこをどう見ても、似ている要素はまったく見当たらないのに。

息を止めたときにだけ現れるマキには触れることはしたくない。正確には手を繫《つな》ぐと、あの島へ行ってしまうのだから。

二度と行くまいと決めていたにもかかわらず、ボクはあの島へ行ってしまった。

マキに触れたい、マキを救いたい、という欲求に勝てなかったのだ。

結果は、言わずもがなだったが。

これだけ殺されれば慣れてもよさそうなものだが、毎回シチュエーションも違えば殺され方も違う。殺され方が違うということは苦しみの種類が違うということだ。

命が終わる……否、何度も強制的に終わらせられることに慣れなどないのだ。


三度目に目覚めたのは小学校のグラウンド。うしろには校舎が見えるが、廃校なのは間違いない。手にぬくもり……当然のようにマキはボクと手を繋いでいる。

ここでなにをするべきなのだろうか。マキに訊《たず》ねても「にぃに」と返すだけで不毛なだけだった。

溜《た》め息を嚙《か》み殺し、校舎に向かった。

ここで目が覚めたということは校舎になにかがあるということで間違いないはずだ。

ただでさえ夜の校舎というのは暗く、じめっとしていて、今にも幽霊のひとつでも出てきそうな雰囲気がある。どんなに曰《いわ》くがない学校だとしても夜の校舎は怖い。

根拠がなくとも人の内にある根源的な恐怖がひんやりとした廊下にあるのだと思う。

だがそんな夜の校舎の中でも、この異世界の廃校は飛び抜けて恐ろしい。なぜならばここには幽霊のような生易しいものではない、本物のバケモノが現れるからだ。

マキに手の震えが伝わらないよう強く握り、恐るおそる校舎の中に足を踏み入れた。

腐ったような木の臭いとカビと埃《ほこり》の臭いが鼻の奥を衝く。

たった一秒で、ここには誰ひとりとして人間がいないのだと思い知らされた。人の気配を否定する空間。いや、ここには命の気配すらない。

「大丈夫か、マキ」

「うん」

いつも通りのマキの声だけがボクの正気を繋ぎ止めていた。いつ、どこから、なにが現れてもおかしくない。警戒を怠らず、進んで行く。

ガタガタ、と窓が音を立てて揺れる。すこしの風でもやかましく鳴るほど、校舎そのものが古く、傷んでいる。

教室に入り、なにかないか調べてゆく。目ぼしいものが見当たらないまま、いくつかの教室を調べていると掲示板に掛けてある古ぼけた集合写真を見つけた。

集合写真……といっても、七人の児童しか写っていない。これで全員だろうか？

「にぃに、これ」

マキが写真を指差す。

「これは……マキか」

写真にはマキの姿もあった。なぜこんな古い学校の古写真にマキが写っているのだろう。ますます彼女のことがわからなくなる。

「ここに写っている他の子供のことは知っているか？」

マキは明後日の方を眺め、口を尖《とが》らせて指を顎に当てた。考えているポーズらしい。すこし考えてから首を横に振る。ボクはそうか、とだけ答えて掲示板から写真を剝ぎ取った。

「知っているような気もするんだけどな……」

どの顔も知らないはずなのに、既知感がある。気のせいだと思おうとしても、頭の隅で引っかかってしまう。釈然としない気持ちのまま、写真を裏向けた。

「これは……」

『決行は十七時』

乱雑な……いや、乱雑というより子供の字だ。写真の裏面に子供の字でそう書かれていた。

「決行……？」

一体何のことだろう。わからないがともかく覚えておいたほうがよさそうだ。

「にぃに」

「うん？」

「にぃに、にぃに」

「どうしたんだマキ？」

くいくい、と手を引き呼ぶマキはボクが反応したのを確認すると廊下のほうを指差す。

なにが言いたいのか伝わらず、困った顔をしているとさらにマキは耳を壁に当ててこちらを見た。

「聞けってことか？」

マキはうなずき、ボクは素直に従ってみることにした。

……しゃか、しゃか、ちゃりん
何か聞こえる。遠くだがそれほど離れていない。

……からから……しゃかしゃか
猛烈に厭《いや》な予感がする。そしてこの予感は当たる。

予感を確かにするくらい、ボクは何度も殺されたのだ。この耳が捉えたその音は、間違いなくそんな……ボクを殺す者の音だ。

咄嗟《とっさ》に教室内を見回し、隠れ場所を探す。ふたりで隠れられるような場所はない。あれを除いては——

「こっちだ、マキ！」

教卓の下に滑り込んだ。マキがまだ小さいおかげでなんとかふたり、すっぽりと収まった。

……しゃか、しゃか、しゃか、ちゃりん……からから……

息を殺し、ようすを窺《うかが》う。

徐々に音が近づいてくるのがわかった。車輪……自転車の音だろうか。

「にぃ……」

マキがなにか言おうとしたので慌てて口を塞ぐ。

『わたしはおねえちゃんだからぁ～』

背筋が凍った。

壊れたテープを再生したような、やたらと甲高く、キュルキュルと機械じみた声。それなのになにを喋《しゃべ》っているのか聞き取れるのが余計に気味が悪かった。

早くいけ早くいけ早くいけ……！

心で念じながらそいつが去るのを待った。

だが音が途絶えているということは、この教室の前で立ち止まっているということだ。

つまり……ボクたちの気配に勘づいている、ということなのか。

心臓が破裂しそうだ。今ほどこの心臓に止まってくれと願ったことはない。

ガラララ
戸が開いた。これにはさすがに観念するしかなかった。ボクたちが気づかれていない、という楽観思考は即座に捨てねばならない。

しゃか、しゃか……ちゃりん、からから……

「くっそぉお！」

マキの手を引き、教卓から飛び出したとき、そいつの姿が目に焼きついた。

ひとつ目の少女だった。やはり白衣を着ていて腹に赤いシミ、下半身は子供用の補助輪がついた自転車というデタラメな姿のバケモノだった。

『わたしぃ～おねえちゃんだからぁ～～』

突然、ギュンッと目の前に近づいてきたかと思うと強い力で突き飛ばされた。

「うわあっ！」

不意な衝撃に思わずマキと手が離れ、彼女を気にする間もなくボクは宙に投げ出された。

窓ガラスを突き破り、真っ逆さまに落ちる。空中で身をよじろうとして、見なくていいものを見てしまった。

真下に突き出したポールだった。このまま落下すればあれに串刺しに――ッ
……そうしてボクはポールに串刺しになった。

＝　＝　＝

った。

こちらの世界に戻ってからもしばらく見えるものが怖ろしく、目を閉じることが多くなった。

（もうこりごりなんだよ。マキ……）

息を止めた世界でボクの隣で笑いかけるマキに、心の声で気持ちを吐露する。それが聞こえているのか、いないのか、マキははにかんだままでボクからまなざしを逸《そ》らさなかった。

最初の頃は、島での記憶はほぼ忘れていたが、回数が重なるごとに忘れることはなくなった。むしろ鮮明に覚えすぎていて、こちらとあちらのどちらが本当の現実なのか判然としなくなることさえあった。

だがボクはこちらの世界では一度たりとも死んではいない。悲しくなるほど本当の世界がこちらであると思い知らされる。

だからこそ思い知った。死の恐怖。殺されることの不条理さ。痛み。

マキを救いたいという一心で、何度もあの島からの脱出に挑んでみたが救える気がしない。要は心が折れてしまったのだ。

本心から、もうあの島に行くのは厭だった。マキがどれだけ悲しそうな顔をしても、はにかんでも、手を差し伸べてきても、ボクはそれに触れたりはしない。

こうして息を止め、彼女と会うのも毎回、「これで最後にしよう」と思いながらだ。

「……ぷはっ！」

無呼吸の限界で、息を吐く。眼前のマキは消える。そしてボクにとっての、偽物のような本当の毎日の続きがはじまる。

2

学校には相変わらず、ボクの居場所などなかった。

二年生の教室では、生徒たちがみなそれぞれにコミュニティを作り、賑《にぎ》やかに喋《しゃべ》ったり、はしゃいだりしている。誰もが笑って、あんなに楽しそうなのに、ボクはその輪に入ることすらできなかった。

時折、クラスメートがボクをちらりと盗み見するが、すぐに目を逸《そ》らす。決まってそのあと、話していた生徒とひそひそとなにかを言って笑うのだ。

聞き耳を立てなくともわかる。ボクのことを馬鹿にして笑っている。

ボク自身も、それに気づいていないふりをすることで距離を保っていた。思えば、この学校に転校してきてから誰とも話していない。元々、自分から人とかかわるタイプではないので声をかけられなければ接点すらもないのだ。

不思議と、「学校に行きたくない」という気持ちにはならなかったが、毎日午前中には、歩いて八分の家に帰りたくなる。狭いながらも自分の部屋がある借家はボクの唯一、落ち着ける場所だからだ。

——けれど、マキには落ち着ける家なんてないんだ。

お約束のようにこういうとき、必ず彼女の面影がよぎる。救えなかった数だけ、罪悪感が募り、罪悪感の重さだけ二の足を踏んでしまう。

しかし、何度殺されても現実に戻されるだけのボクは彼女に比べたらまだマシだ。マキは、ずっとあの島で——。

いや、待て。

だったら、息を止めたら視《み》えるマキは一体なんだ。幻なのか？

黒板にチョークで数式を書き込みながら、教師がなにか言っている。聞いてはいるものの、意味不明の言葉にしか聞こえない。

ボクと目が合っても即座に逸らされてしまう。ここでは教師すらボクの存在をなかったことにしようとしているのだ。

ボクもマキと同じ、幻なのかもしれない。彼らには、ボクという姿は見えておらず、マキと同じように息を止めたときだけボクの姿が現れる。だとすれば、孤立している理由も納得だ。けれど、現実はそう都合よく解釈してくれない。

「どうした、小林《こばやし》」

「すみません。お腹《なか》が痛いので、保健室に行ってもいいですか」

ない。


「わかった。行ってこい」

どうだ。ボクは、ここに確かに存在している。存在しているのに、誰からも相手にされていない。家でも父と母はボクによそよそしい。声をかけあうこともなければ目も合わせ
――マキ……君もこんな気持ちなのかな。

息を止めれば視えるマキとは何者か？

この自問自答は、必ずこうして論点がすり替わる。毎回、最終的には「マキがかわいそうだ」という結論に至るのだ。

冷えた廊下をひとり歩く。保健室への道のりは遠い。遠く、感じる。

咄嗟《とっさ》に息を止める。

左右に首を振り、その姿を見つけられなくて背後を振り返った。

マキは、廊下の床にぺたりと尻をつき、両足を投げ出して座っていた。

『にぃに、一緒に行こう？』

ボクは、無言のまま立ち尽くすしかなかった。

『にぃに、たすけて』

「……っ！」

『にぃに、おねがい』

（でもボクがそっちへ行っても、また君を救えずに殺されてしまうだけだ）

『にぃに、怖いよぅ。帰りたいよぅ』

「…………っ！」

ダメだ。ボクは行きたくない。

脳裏に浮かぶ、白衣の殺人鬼たち。窓から刃物を投げつけてきた人影、テレビ男、自転車少女……。思い出すだけで怖気《おぞけ》で膝が砕けそうだ。

あんな得体の知れない、怖ろしいモンスターがいるようなところになんて、自分から好き好んで行くほうがおかしい。いくら殺されても現実に戻ってくるからと言って。

『にぃに、行っちゃうの？　たすけてくれないの？』

マキの顔から笑顔が消えてゆく。代わりに、ビー玉のような透き通った涙の粒が、ぽろぽろと白い太ももの上に落ちた。

「ぶはぁっ！」

息を吐き、ボクは駆け出した。

廊下を走らない、はどこの学校にもある鉄則で、これまでそれを破ったことはない。

だがボクは、全速力で駆けた。走った。

授業中でひと気のない廊下に、上履きの底が鳴る。イルカの鳴き声のようだ。

そのままの速力で男子トイレに飛び込むと、手洗い場の前に立ち、思いきり蛇口の栓をひねった。

滝のような水圧で流れ落ちる水を手で受け、顔をすすぐ。何度も何度も、手のひらの水を顔にぶつけ、カッターシャツはびしょびしょになった。

鏡に映った水浸しのボクの顔を見て、両頬を叩《たた》く。そして、男子トイレの個室が並ぶ奥へと向き直った。

「ふぅー……」

深く息を吸い込み、そして……止める。

ボクがイメージした通り、小便器と個室が並んだ突き当りの壁に、マキが立っていた。

『にぃに、行こ?』

ボクは大きくうなずき、大股でマキに近ずくとその手を——握った。

3

四度目の目覚めは、これまでと感覚が違うとすぐにわかった。

まず、前回までと違い昼間……いや、空が赤い。夕方だろうか。ともかく、夜ではなく明るかった。

体の調子がよくないような気がする。なんだか体に違和感を覚える。だが、自分になにが起こっているのかは、依然としてわからない。

「ねえねえ、おきた？」

「ああ……、結局きちゃったな……また」

マキは嬉《うれ》しそうにうなずいた。

ボクは「また殺されるのに」と続けようとしたが、マキの手前でぐっと堪《こら》えた。

いつものように手は繋いだ状態だ。立ち上がると立ち眩《くら》みがする。

やっぱり、これまでと少し勝手が違う。なんと表現すればいいのか、たとえは漠然としているが、体の構造が違うような気がしていた。それになぜボクはこんな女の子のような恰好《かっこう》をしているのだろう。このセーターだけならまだしも背負ったリュックもパステル調の水色だし……。

「ねえねえ、いこう」

「そうだね。……よし」

気を取り直し、自分に活を入れると正面を見据えた。

大海原を見下ろしていた。ここは高台のようだ。

辺りを見渡してみると、すぐそばに幹線道路があり坂を下った下に団地群が見えた。そう遠くはない。そして、道路を挟んで向かい側に四角く平らな建物があった。

当然、人の気配もなく、ひと目で廃屋だとわかるが……どうやら、元はなにかの店だったようだ。店の大きさに似つかわしくない、広いスペースの駐車場と、正面に設けられたガラス戸の玄関がそれを物語っている。もっとも、ガラス戸といってもガラスなど割れてすでにないが。

建物の造りの特徴からスーパーマーケットだと思った。

「あそこに行くの？」

「うん」

マキは嬉しそうにうなずく。

ボクはなにか武器になるようなものないか辺りを探す。今度は死なないように、あの化け物が現れても抗《あらが》えるだけの準備をしておかなければ。

背の高い草が茂る駐車場。よほど長い間放置されていたのがわかる。ひび割れたアスファルトの隙間からも雑草が茂っていた。

だだっ広い駐車場には、さすがに武器になりそうなものは見当たらない。廃車が何台か停《と》まったまま朽ち、自然に割れたのだろうか窓ガラスのない車内は荒《すさ》みきっていた。

堅そうなシートは破れ、その中から朽ちたスポンジのような緩衝材が飛び出し、錆色《さびいろ》のバネが見えている。カセットテープが助手席の下に散らばっていたが、それ以外にめぼしいものはなかった。

見渡すと数台の車があり、どれも同じような状況で立ったまま死んでいる。

やはりあの建物の中に入らなければ、使えそうな道具は見つからないのか。ボクは観念すると、ぽっかりと口を開けている玄関に向いた。

「マキも中に入ったら気をつけてくれ」

マキがうなずくのを確かめてから、深呼吸をするとボクたちは中へと進んだ。

店内は、なぜかこれまでのどこよりも黒い闇が空間を塗りつぶしていた。

団地、学校、と夜の屋内が暗いのは当然だが、明るい時間なのになぜこんなに暗いのだろうか。

足音を立てないよう、慎重に進みながら漂う臭いの違和感に気がついた。

これまでの、埃とカビとは違うどこか芳《こう》ばしい煤《すす》のような臭いだ。

店内に辿《たど》り着くと、棚が並んでいるがどこかおかしい。近づいてみてその正体に気づいた。

「焼けてる……。ここ、火事になったのか」

煤の臭いがして当然だった。店内はどこも黒く焼け焦げ、焼け残った壁や棚も煤で黒ずんでいたのだ。剝《む》き出しになった天井の梁《はり》もすっかり焼き炭になり真っ黒だ。

これが暗さの正体だった。

「これはこれで不気味だよな」

ひとりごちると、マキがボクの手を両手で握りしめた。その感触から、彼女が緊張していることがわかった。

もう三度も殺されているんだ。今さらボクがマキよりも緊張していてはいけない。

せめて心構えだけでも虚勢を張ろうとするが、それも無理な話だった。やはり殺されることに慣れるなんて、絶対にあり得ない。

ボクたちの周りに広がる、生命を取り込んで無に溶かすような闇。その闇が厭でもボクに死を連想させる。思い出させるのだ。

「ねぇねぇ」

「大丈夫……大丈夫、マキ」

何度こうやってマキに言う態《てい》で自分に言い聞かせただろう。

今回こそは。

これまでと違うのは、意志の強さだ。これまでは理解不能の状況で、逃げることばかりに気を取られてきた。殺されることに怯《おび》え、あの化け物に神経質になっていたのだと思う。

だが今回ははじめて、戦って、死ぬことに抗ってやろうと思った。それがきっと、マキを守る唯一の術《すべ》なのだ。

だがそんな思いをあざ笑うかのように、武器になりそうなものは依然として見当たらない。奥へ進むごとに、不安は焦りへと変わっていった。

「……待てよ、そういえば」

ふと立ち止まり、ボクはその場にしゃがみこんだ。一見、無防備にも思えるが静かな店内では自分たち以外の物音がすれば敏感に気づくことができる。

耳で異変に構えながら、背負っていたリュックを下ろした。

「ねえねえ、いこう」

マキがスーパーマーケットを指差した。

マキがそう言うのだから、きっとここにはなにかがある。だが、その「なにか」がはっきりしないことにはなにを探しているのかボク自身判然としないのだ。その手間を省けるものがここにあるような気がした。

リュックの中に手がかりになるようなものが入っているのかもしれない。これまでもポケットにメモが入っていたことがあった。見当違いということはないはずだ。

「あった……」

予想した通り、リュックの中には手帳が入っていた。イチゴの柄が薄くプリントされた女の子っぽいものだった。

『ドロリンチョチョコ10個』

表紙をめくった、最初のページにそう書かれていた。

そして、しおりのようにして千円札が三枚。三千円。

「どういう意味だ？　チョコとお金？」

「ドロリンチョチョコ、すき！　だいすき！」

「ちょ、マキ！　声が大きいって！」

マキの口を手で塞ぎ、慌てて周りを見回す。息を殺してようすを窺うが、変化はない。

ふぅ、と大きく息を吐くとマキには静かにするように再度念を押した。

「それより、ドロリンチョチョコ、好きなんだ」

「うん、だいすき」

「まあ、ボクも大好きなんだけど。そっか、じゃあ……もしかしてこのお金はドロリンチョチョコを買うためのお金なのかな」

確かドロリンチョチョコはひと箱三百円もしなかったはず。なるほど、そう考えるとこの三千円はその費用なのかもしれない。

「そうか。つまり、ここで『ドロリンチョチョコを買え』ってことなのか」

「食べたい！」

「でも……なぁ」

再び店内を見回す——こちらの世界、こんな状態の店に、ドロリンチョチョコがあるのか、いやあっても残っているなんて考えられない。どこもかしこも真っ黒焦げなのだから。

「ねえねえ、あっち」

マキが手を引く。

「あれは……」

指を差した先にあったのは同じく煤で黒く汚れたドアだった。ドアと言っても、取っ手の形から見るにただのドアではなさそうだった。ドア、というより扉である。

マキに手を引かれ、近づいてよく見てみると扉はかなり分厚い。耐熱用なのだろうか。真っ黒な取っ手の状態から、ここが焼けてから一度もこれに手をかけた者はいなさそうだった。

恐るおそるそれに手をかけて引いてみた。

経年を物語るような、ギギギ、という物々しい重い音を立てながら扉は開いた。

「ここは……」

中は冷蔵庫だった。

電気はきていないので、当然冷気はない。だがそこに収納されている商品は焼けることなく無事だ。

入った瞬間に、干物や燻製《くんせい》のような生臭いにおいがしたが恐らくはこの中で腐った挙句、干からびた生鮮品のせいだろう。長い年月が経《た》ち過ぎて、臭いもまた風化したらしい。

そういった腐っただろう商品の箱は、灰色に変色してぺしゃんこに潰れている。

だが菓子や飲料水などの商品はほとんど変わりないように見える。

ボクの頭の高さくらいに四段の棚があり、無事なものとそうでないものは一目瞭然だった。

「あ、あった！　ドロリンチョチョコ！」

そして、その中にドロリンチョチョコもあったのだ。

裏面に印字された賞味期限を見ると、とっくに切れている。相当昔の日付だ。

「食べたい食べたい！」

「だめだよ、こんなの食べたらお腹《なか》壊しちゃう」

マキがパッケージに反応して飛び跳ねてるのを制しながら一応メモ通りに十個をリュックに入れた。代わりに棚の上に三千円を置いて。

中身は開けなくともどんな状態かは大体想像がつく。それだけにゴミをリュックにただ詰めただけなような気がするが、これに意味があると信じるほかなかった。

じゃりじゃりじゃりじゃり――

心臓を鷲摑《わしづか》みにされる。鼓動と、血の巡りを、無理矢理止められたような感覚だった。

一瞬にして血が引き、顔から血色を奪う。

自分と、マキ以外の音。イコール、『命を奪う白衣のバケモノ』だ。

（こっちへこい、マキ！）

冷蔵庫の中の、死角になりそうな陰へとマキを引き寄せ息を潜める。

扉を閉めてしまいたかったが、あの重々しい音で気づかれてしまうだろう。だが扉が開いている時点で、ここが怪しまれるのも時間の問題。だからといって、飛び出すのは危険すぎる。

ここでじっとしながら、頃合いを見極めなければならない。

――怖い……怖い、怖い怖い怖い……っ！

三度にわたる理不尽な痛みと不条理な死。この緊張感と闇の中、そればかりがボクを支配した。

今、ひょっこりともし、アレがここに飛び込んできたら……ボクはマキを残して逃げ出してしまうかもしれない。

ここまでくるのに武器も見つけられなかった。つまり、戦う術もない。

厭だ。死にたくない。もうあんな思いはこりごりだ。

一度決めた固い意志も、圧倒的な恐怖を前にして脆《もろ》くも崩れそうだった。

マキを守らねばならないという使命感だけで、なんとかおかしくならずにいられる。だがそれも毎度のことだ。

じゃりじゃりじゃり……

それにしてもこの音。これまで聞いた事のない音だ。なにかを引きずっているような音。

それほど重くはない、金属をイメージする。

斧？　大包丁？　鍬《くわ》？　鎌？

わからない。だが脳裏に浮かぶのは物騒なものばかりだ。テレビ男や自転車少女から連想するなら、十分あり得るだけにボクの恐怖はさらに濃度を増す。

『もうい〜かい……』

背中に冷たい鱗《うろこ》をもった蛇が這《は》いまわるような悪寒。

最初にボクを殺した女だ！

『もういいかい……もうい〜かいい〜？』

——なんなんだ！

吐き気がする。

店内に響き渡るほどの声で、かくれんぼの鬼の真似事をする。その声はボクたちが支配されている緊張感、緊迫感とは程遠いもっさりとしたものだった。

その空気とは噛み合わないコントラストに、不快感と嫌悪感が止まらなかった。

「うう〜〜……」

「マキ……？」

うめき声に振り返るとマキもまた、ボクと同じように眉間に皺《しわ》を寄せ、気持ち悪そうに唇をへの字に結んでいる。

どうやら彼女もあの声がどうにも厭らしい。

ボク自身、あの声は聞くに堪えなかった。地獄を想起させる、絶望を押しつけてくるような強迫観念。無理もない。ボクはあれに一度殺されているのだ。

耳を塞ぎたいのに片方の手がマキと繋がっているためかなわず、なにをどうしても耳に入る。

『もうい〜かい、もうい〜かい、もういいでしょお？』

歯がガチガチと鳴る。顎を押さえる。音を立ててはダメだ。

マキも涙を流しながら自分の口元を押さえ、必死に耐えている。

パンパンに膨らんだ風船のような状態だった。ほんのすこしのきっかけで、ミリにも満たない針の先で、すこし脅かしてやるだけで、破裂してしまいそうな緊迫感。

ボクもマキも、今、たとえささいなことでも予測外のことが起これば狂ったように叫んでしまいそうだった。

『もういーかい』

唄が近づいてくる。もうすぐそばだ。

息が苦しい。胸もつらい。汗が噴き出し、寒気に震える。

あれだけ抗おうと決めていた最初の気持ちは突風に掻《か》き消える煙のように消えてなくなってしまった。

今、ボクがアレに殺されたとしたら、間違いなく再起不能だ。もう、息を止めてマキと会うのも、この島のことを思い出すのも二度としないだろう。それだけの恐怖を植えつけられる。

『もう……いい……かああいぃ……』

——もうだめだ！　見つかる！

ガンガンガンガン！

『もういいよぉっ！』

「……っ！」

『おら、こっちだ！　こっちにいるぞ鬼婆！』

突然、一斗缶を叩くようなやかましい音が木霊《こだま》した。

これまで物音をしないよう集中していたせいか、静けさからの落差に頭が追いつかない。

『ほーらほら、こっちこっち！』

聞き間違いではない。ボクとマキ以外の、誰かの声がする。しかも、あのバケモノをおびき寄せようとしているように聞こえる。

——一体誰だ？　いや、それよりもこの島にはボクとマキ以外にもいたのか！

……じゃり、じゃりじゃりじゃりじゃり

金属を引きずる音が遠ざかっていく。察するにおそらく、バケモノの気を逸らしてくれた者のほうへと向かったのだろう。

じゃりじゃりが聞こえなくなったあとしばらくしてボクたちは冷蔵庫から出た。

店内にはさきほどとなんら変わりない光景が広がっている。相変わらずの黒い空間だ。

「助かった……のか」

「よかったね！」

「そうだね……」

そうなのか？

自問するが自答はできず、とにかくマキと共に外に出るのだった。

4

「失踪……ですか？」

「ええ、調べてほしいのですが」

そう言われましてもねえ、と職員は頭を掻いた。

私はとある町役場にきていた。小林純兵《じゅんぺい》の本籍がここにあることは調査済みだ。だが、それ以上の情報がどうしても手に入らない。

それで役場に問い合わせてみた……が。

「ご存じじゃないのでしょうがねぇ、そういうのは近親者やちゃんとした正当な理由がないと教えられないんです。もっとも、そうであっても教えられるのは失踪した人の居場所ではなく現住所くらいなもんで」

「そうですか。ですが、私の親しい友人でして」

「それを証明できますか？　お気持ちはわかりますがね、その口上をいちいち信じてちゃキリがないですわ」

そうですか、と答え私は役所を出た。

想定内だ。まず役所では情報のひとつも教えてくれないだろう。わかってはいたが、私自身の焦りが行動に移してしまった。海の見える小さな港町の町役場。人情厚そうな町のでもしかしたら、とは思ったがやはり甘かった。

しょうがない。図書館で新聞を調べるしかない。

ひとくちに新聞記事を調べると言っても大変な作業だ。できればその手間を省きたかった、というのもダメ元で役所に訊ねた理由のひとつだった。

「サボるな……ということか」

嘆息しつつ、自動販売機で缶コーヒーを買う。

ホットを押したのにアイスが落ちてきた。

図書館で新聞記事をしらみ潰しに探して四時間。細かな文字を見つめ続けたせいか目がしばしばする。

周りには私のほかに小学生頃の子供がふたり、眠りこけている老人がひとりだけだった。図書館の職員も退屈そうにパソコンの画面を見つめている。

少し前に閉館三十分前を知らせるアナウンスが流れたところだ。いよいよ締め出しを喰《く》らう頃だろうか。

――しょうがない。続きは明日にしようか。

そう思いながら、せめて今見ている分の新聞くらいは消化しようと目を落とした。

「……ん？」

目を落とした先の三面記事。小さな扱いだがしっかりと見出しが躍っている記事に目が留まった。

『新興宗教団体に殺人容疑。遺体の骨を隠蔽か』

「骨……？」

この事件には見覚えがある。そして、私自身にも縁深い事件だ。

小さな宗教団体が起こした殺人事件騒ぎ。当時のテレビニュースやワイドショーでも取り上げられた。なんでも一般的に『修行』にあたる行為として、『洗浄』と名を変えた行為があったのだという。

単純な修行のレベルなら特に取り沙汰されることもなかったはずだが、そうではなかったから問題になった。修行というにはほど遠い、拷問に近いものだったという。

なんでもその『洗浄』によって死んだ信者が幾人か出た。それを隠蔽するため、信者たちは遺体をバラバラにして肉を海に捨て、骨を綺麗《きれい》に洗って宗教団体が管理する合同墓地(これもあとの調べで不認可だったと判明した)にまとめて合祀《ごうし》(隠)されていた。

事件の全容を知っていると噂《うわさ》された、教祖代理の男は口を閉ざしたまま姿を消し、翌年、台湾で死体が発見された。いまだに謎の多い事件だ。

宗教の絡む事件などはどれもそうだと言えるが、とにかくこの事件、信者ののめり込み方が尋常でなかった。信仰のためならば犯罪も止む無しとする教えを愚直に守り、それに沿った行いを信心のバロメーターにしたらしい。

私は思った。

この事件が出てきたということは、もうじきだ。

事件を起こした宗教団体と、小林純兵には深いかかわりあいがある。それを深掘りするためにわざわざここまできたのだ。

閉館を知らせる呑気《のんき》なメロディが流れ始めた。

ともかく、今日はどこかの民宿にでも泊まって明日に備えよう。

スマホで近くに泊まれる民宿か旅館がないか物色しながら歩いていると、知らない女性から話しかけられた。

「あの、もしかして宮部《みやべ》七徒《ななと》先生ですか」

女性はこんな田舎町には似つかわしくない風貌だった。

それは決して誇張しすぎているわけではなく、金髪にピンクとグリーンのメッシュが入ったショートカット。えりあしを刈り上げる徹底ぶりで、ビリビリに破れたダメージジーンズに、わかり易くトゲの生えた合成皮のジャケット、アンダーには映画『ガバリン』のTシャツ。

街で話しかけられても構えそうな恰好の女性なだけに、私は思わず反応が遅れた。

「宮部先生ですよね？　うっそ、マジかぁ〜！　あの、すみません。あたし、先生の小説めっちゃ好きなんですよね」

外見を裏切らない砕けた物言いに、私はそうですかとしか答えられなかった。まだ思考が落ち着かない。

「デビュー作『厄絶《やくぜつ》の塔』もぶっ飛んでて最高なんですけど、あたし的にはやっぱり『雨と病の軍艦団地』が好きで」

野猿に注意、という看板と車がほとんど通らない道路。まばらな民家、停泊している漁船が静かに揺れる港。

そんな景色の中にパンキッシュな女と、中年の男が喋っている光景は滑稽だろうか。あまりに不自然すぎて笑ってしまう。

小説家を生業《なりわい》としているが、さすがにこんなあべこべなシチュエーションは思いつかない。事実は小説よりなんとやら、は本当にあるから呆《あき》れてしまう。

だがパンクファッションの女はさらに場違いでキャラに似合わないことを告白した。

彼女は怪談蒐集家《しゅうしゅうか》でもあり、オカルト系のライターでもあるというのだ。

オカルトとは縁遠そうにも思える人種だが、なぜだろうか。むしろ私のようなごく普通の容姿の人間のほうが少ないのではないかとさえ思ってしまう。

「それであたしも実はこの港町に、ネタの取材にきたんですよ！　そこでホラー小説界の旗手・宮部七徒先生に出くわしたもんだからテンションあがっちゃって！　それで先生ももしかして……あのネタを調べに？」

あのネタ……？

もしかして彼女は、私が調べているあの事件と関連していることを取材しているのだろうか。もしもそうなら、これは天の思し召しだ。

ホラー作家ながら、あまりそういったスピリチュアルな迷信は信じないが、この状況で信じれば先に進めるというのなら喜んで信じよう。

「ネタというのは、あれかな……」

「そう！　小中学生六人が失踪した戦艦島《せんかんじま》のネタですよ！」

5

スーパーマーケットの外に出るとバケモノらしき姿はなく、助けてくれた者の姿もまたなかった。

入ったときよりも風が強く吹き、下半身をまとう布がひらひらとたなびき、体が冷える。

思わず身を縮めたボクに寄り添うようにして、マキが体をくっつけてきた。

「さむいー」

「そうだね、寒い」

隠れていた冷蔵庫の中とは違い、ここは見晴らしがいい。仮にあのバケモノが現れたとしても、逃げ切れそうな気がした。

とりあえず、風よけになるような物陰で少しようすを見てみることにした。

「ねえねえ、いこう？」

「……そうだね。もうそろそろいいかな」

辺りを見回し、異変がないことを確かめて歩き始める。確かに見晴らしはいいが、裏を返せば歩いているボクたちも遠くから丸見えだ。

一度そう意識してしまうと、常に監視されているようで気が気でない。

「なあ、なあって、おい！」

突然、背後から声がした。

驚いてふたりして肩を震わせるが、すぐにその声に聞き覚えがあることに気がついた。

振り返ると、近鉄バファローズの野球帽を被ったよれよれのデニムシャツを着た少年がこちらに手を振っていた。

「わあい、ばいばーい！」

マキは少年に手を振り返し、はしゃいでいる。ボクもマキに釣られて手を振ろうとしたとき、

「バカヤロウ！　そんな危ない真似すんなって！」

少年は途端に声音を尖らせ、怒鳴った。

どうやらボクたちに怒っているようだ。というか、怒鳴ったら少年も危ないのでは……。

「いいから車道から外れろって！　脇の草むらに飛び込め！」

「な、なんで……」

「なんでもクソもあるかよ！　そんなところ歩いてたら『見つけてください』って言って

るようなもんだ！」

やっぱりそうか。わかってはいたが、やはり楽観的すぎた。

少年のひと声に正気に戻った気になり、急いで車道脇の草むらに飛び込む。

雑草や葉の先端がちくちくと頬に当たり、不快だったが我慢して身を隠した。

すると坂の上から少年の声で「しゃがんだままこっちにくるんだ」と聞こえ、それに従った。

「あ、あの……さっきはありがとう。助けてくれたんだよね」

「マキは無事か。どうなることかと思ったぜ。奴はまだ近くにいるぞ。当然、さっきの俺らの声も聞いてるはずだ。だからちゃんと隠れとけ」

「おいかけてくる？」

「安心しろ、マキ。隠れる気もなく堂々と歩いてたりしたら別だけど、アレも見つかりやすいところをわざわざ歩きたくないだろう。警戒してるのは一緒。だから、しばらくは大丈夫さ」

「あの、君は一体何者なんだい。なんでここにいるの？　マキを知っているの」

少年はボクの問いに答えない。マキとはちゃんと会話していたのに、わかりやすくボクのことを無視している感じがした。

これじゃ、学校のやつらと同じじゃないか。

「なあ、お前がこれ持っとけ」

少年はボクに双眼鏡をぶっきらぼうに手渡してきた。

ボクの話は無視するくせに自分は一方的に話してくる。

こんな状況で不満を言っても仕方が無いし、無視されるのは慣れているからいいものの、それでもなんとも言えない気持ちになった。

「本当は俺がマキと一緒にいるのがいいんだろうけど、そうすると俺が自由に動けなくなる。たぶん、マキはお前と一緒にいるのが一番いい。ユウスケとマンイチはどうしてんのかな。無事だといいけど」

彼はさらにふたり、仲間がいると話した。

「夜になるのを待って、電波塔で集合だぞ。わかってるな？」

「電波塔で集合？」

その言葉を聞いて、思い出す『電波塔へ行け』というメモ。あれはそういう意味だったのか。

「時間に遅れたら、先生待ってくれないからな。絶対だぞ」

「先生？　大人の人もいるのかい」

「とにかくおまえはマキと一緒にいろ。危なくなったらマキをつれてすぐに逃げろ！　それで、チョコは？」

相変わらずボクの質問は無視し、一方的にまくし立てる少年にリュックの中身を見せる。少年は満足そうに笑った。

「じゃあ、俺はみんなのようすを見てくる」

「え、一緒にいてくれないの？」

「マキ、こいつの言うこと聞いて大人しくするんだぞ。怖くなったり不安になったりしたら、チョコ食っていいからな」

「うん！」

「ちょ、ちょっと待って……！」

ボクが伸ばした手をすり抜けるように、少年はコオロギのようにひとり飛び出し、瞬《また》く間に小さくなっていった。

「なんなんだよ、一体……。わけわかんない、なんで話聞いてくれないんだ」

つぶやきながら少年がボクに渡した双眼鏡に目を落とした。

立派な双眼鏡だった。試しに覗いて見ると、かなり遠くまで鮮明に見える。少年の持ち物にしては大仰すぎると思った。

「これは……」

双眼鏡の裏側にラベルが貼りつけてある。そこには子供の字で『宮部ユキト』と書かれてあった。あの少年の名前だろうか。

「ユキト……ユキトか」

今度はいつ会えるかわからないが、ボクはあの少年をそう呼ぶことにした。

こちらの話を聞いてくれない、偉そうな態度を加味しても味方がいるというのは心強い。

ここまで何度となく絶望し、恐怖に怯えてきたが、ここへきてようやく希望が見えてきた。仲間がいるのなら強く意思を持てそうだ。

それに……『電波塔で集合』という約束。ユキトの口ぶりから察するに、どうやら島の外へ逃げる準備をしているらしい。ただ逃げ回っているだけの不安が吹き飛び、霧が晴れたようなスッキリした気分になった。

「――！　――！」

「なんだろう、人の声か？」

遠くで人の声のような音が聞こえる。だがどこからしているのかわからない。もしかすると隙間風がどこからかそんな音を運んでいるのかもしれない。

耳を傾けるがどうもハッキリしなかった。

「ねえねえ！」

「うん、わかってる。いつまでもここにいたら危険だ――」

マキの呼ぶ声に振り返った瞬間、景色に火花が散った。同時に微《かす》かに人の声が聞こえる。

そしてマキと、マキのすぐ後ろに赤く汚れた白衣姿。頭はカマキリで背に翅《はね》がある。カマキリ女としか形容できない姿だった。そしてなにより……

『みぃ～つけたあ！』

ごりゅん、とまた火花が散った。そのたび、ノイズが走り烈《はげ》しく視界が震えた。

「あっ……？」

ボクは一体どうなったんだ？　なにをされている？

言葉が出てこない。なにかを言おうとしたはずだがそれすらもはっきりとしなかった。

なんだったっけな、と思ったところでごりゅりゅん、と衝撃が連続した。脳に直接なにかされているようだ。片方の視界が赤く染まった。これは自分の血だとわかった。

「だ……れ……」

『だぁ～れだ？』

ごりゅりゅっ、ごりゅりゅっ。

ガクガクと体中が壊れたように震える。そこでようやくわかった。

ボクは今、頭をのこぎりのようなもので挽《ひ》かれているのだ。それでこの音、この振動。

マキが悲鳴を上げる。よかった、マキは無事のようだ。

ついに両目が赤に染まり、この世界が地獄だとわかった。ここは地獄だ。ボクは業を背負って、鬼から拷問を受けている。そうだ、そうなんだ。

ごりゅん、ごりゅん、執拗《しつよう》にのこぎりが前後に引かれ、より深く頭を縦に割ってゆく。

一瞬、見えた白衣の姿は間違いない。カマキリの顔にのこぎりの手？　カマキリなら普通鎌じゃないのか。そうか、よく考えればカマキリの鎌もギザギザしているような気がする。案外こっちが正し――

ごりゅりゅりゅ

「あっ！　ばっ、ばっ、ばっ」

意識とは無関係に妙な声が出てしまう。自分では止められず、ただよだれと血を垂れ流しながら体を痙攣《けいれん》させた。

ボクはまた死ぬのか。

ならばもっと楽に殺してくれないか。

こんなに苦しくて、情けなくて、痛い死に方は厭だ。

あっ、ばっ、ああ、ばっ……ば――

島の、オキテ

1

パンクファッションの怪談蒐集家《しゅうしゅうか》の女は、リタと名乗った。

もらった名刺を見る限り、本当にオカルト系のライターをしているらしい。会話の中で私の知っている編集者の名前が何人か出てきたので間違いはないだろう。

単著でのデビューはまだらしいが、自身で掌編を雑誌に寄稿することもあれば、他の怪談作家にネタを卸すこともしているという。

好きが高じて職業になったという典型的なタイプで、オカルトにかかわっていれば報酬は度外視な面があるようだ。

この仕事をしていれば、彼女のようなタイプに出会うことは珍しくない。恐怖は一種の麻薬のような作用があるのだ。追えば追うほどに深みへハマってゆく。

残念だが私はそんな幸せな作家ではない。

「だったら先生はなんでホラー書いてんですか」

「なんで？　そりゃあ……」

なぜホラー小説を書くか？

きっかけをどう話すべきか考えてみるが、うまい説明の仕方が浮かばない。文章を生業《なりわい》にしているくせに、日常生活での語彙のなさが悔やまれる。

「補完……しているのかな」

「補完？　なんですかぁ、それ」

「自分の思う、恐怖……というものを、ちゃんと形として残しておきたい……というか」

「さすがですねー。難しくてあたしにはわかんないです」

「いや、うまく言えなくてすまない」

港町の大衆居酒屋で私とリタは膝を突き合わせていた。互いに見え見えの下心。もちろん、やましい意味ではなく情報という甘い蜜。

リタが持ち寄ってきたのは、『六少年少女失踪事件』。私たちが今いるこの港町で三十二年前、六人の少年少女が行方不明になった。

消えた子供たちは中学二年生から小学三年生までで、それぞれ顔見知りだったという。

その六人が、ある日突然いなくなったのだから当時、この小さな港町は大騒ぎになったという。

テレビでも報じられたというが、一艘《いっそう》のボートが無くなっていることが発覚してから急に一切の報道がなされなくなったのだという。

当時は一九八〇年代。人々の情報源がまだまだテレビだった頃だ。

テレビでの報道がなくなればおのずと人々は、この失踪事件を忘れていった。

「ネットでもこの事件のそのあとの情報がヒットしないんですよ。そりゃ六人もの子供が消えたんだから平成の未解決事件とか、都市伝説のまとめなんかには時折見かけますけど。あくまで突然いなくなったって情報だけで肝心なそのあとについてはどこもまるで触れられていないんです」

「なぜ」

「ひとつは、それがどこで起こった事件なのかはっきりしなかったってことかな。テレビで何度か取り上げられたはずなんだけど、動画サイトでも当時の映像は落ちていないし、覚えている人からの情報もほぼ皆無。あ、いや、何件かはヒットするんだけど、どれも的を射ないっていうか、バラバラでさ。あたしも都市伝説や陰謀論者関係駆使してここで起こったってことは突き止めたんです。あとはもう現地取材しかないな、って」

「なるほど。そこで私と偶然会った」

そう！　とはしゃぐように答え、リタはビールジョッキを傾け喉を鳴らした。

「これって運命的じゃないですか？　先生も事件のネタを仕入れにきたんでしょ」

「いや、私は」

「えっ、違うんですか？」

リタの迫力に、違うと言いづらい空気になってしまった。店に入るまでの道中でなんとなく濁したから、却《かえ》って期待させてしまったのだろう。

私は子供の失踪事件ではなく、あの宗教団体の起こした事件について調べていた。あくまでそれも小林純兵《こばやしじゅんぺい》を追う過程で避けられないことだったからである。

「まあ、違わくもない……が」

咄嗟《とっさ》に吐いた返事だが、まったくの嘘《うそ》ではない。同じ港町でのことだ。ふたつの大きな事件が無関係というのも考えにくい。

実際のところリタと話をしようと思ったのも、それが理由だった。

「それって沖縄の一部風習にある『洗骨葬《せんこつそう》』からきてますすね」

「洗骨葬？」

私はリタに、ここにきた理由を話した。小林純兵のことは伏せたが、大体本当のことだ。某宗教団体が起こした事件のことは彼女ももちろん知っていたが、この町に関係していたということまでは初耳だったようである。その上で、宗教団体が『洗浄』した遺体処理のことについてそう答えたのだ。

「元々は洞窟葬とも言って林や海岸に死体を放置する曝葬《ばくそう》の一種なんですけどね。要は洞窟に死体を曝《さら》して置くんです。まあ、日本中あちこちにあった風葬とあまり大差ないですが。現在でも一部地域にこの習わしが生きているところもあって……さすがに今はコンクリート造りの門中葬が中心ですが。

死者をここに入れて、三年目で一旦死体を出して骨を洗うんです。当然、死体はぼろぼろになっていますから、たらいとかに入れて綺麗《きれい》に洗うんですよ。同じことをさらに六年目、十三年目とする。三十三年経《た》つと死者の個性は失われるってことで墓の裏とかに無造作に捨てられる。こっちでも三十三年で墓じまいするって宗派あるからわからないでもないですけど、それにしたってひどい話でしょ？」

「それが洗骨葬……」

「そう。先生の話だとそれ以前に洗浄輿は人を殺しているし、沖縄の洗骨葬とは全く意味も行為も違うけど。けど、その行為にわざわざ『洗浄』って名をつけてるってのはきっと、洗骨葬を知っている人がつけたんじゃないの？　ってことです」

「ふむ」

さすがに怪談蒐集家、オカルトライターを名乗るだけのことはある。外見からは想像もつかない専門的な話を聞けた。

これはひとつ収穫だ。

「あたしね、その宗教団体の話聞いて思ったんですよ。もしかしたら、『六少年少女失踪事件』ってその洗浄輿が関係してるんじゃないかって」

「……ひとつ、非常に小説的な観点から推測を立てると、君が言ったように突然報道がされなくなった背景のひとつにその洗浄輿が関係しているとしたら……大きな力で報道規制があったのかもしれない」

「陰謀論ってやつですか」

「陰謀論？　違うよ、きっとこれは様々な利権が絡んだ話なのだと思うんだ。この小さな町には背負いきれない事件が、なぜ隠蔽されたのか。誰が隠蔽したのか」

「戦艦島《せんかんじま》……」

そう、と指を鳴らし、リタを称《たた》えた。

「あそこに、重要ななにかがあるんだよ。それは間違いない」

……戦艦島。名前の由来は、長崎県にある端島《はしま》。別称『軍艦島《ぐんかんじま》』に似ていることからそれに倣うように、そう呼ばれるようになった。正式な名を『眞木島《まきしま》』という。

元々はリゾート開発される予定だったが、開発途中で頓挫。かなり大規模な計画だったため、作業員の多くは島に住んだ。長期工事の展望からまず住まいが用意され、小さな無人島だった眞木島に多くの集合住宅が建てられた。作業員の住む島はいつしか島自体が小さな町のようになった。

開発が途中で頓挫したあと、多くの作業員たちが島に残ることを希望した。長期計画だったことから先の収入を期待していた住民たちにとって、想定外の開発打ち切りはすなわち死活問題だった。

直接のきっかけはなんにせよ、そうして作業員たちが家族を呼び、住み着き、自活をはじめた。ある程度の開発が進んでいたことから、人が住むには困らない環境になっていたのもそれをあと押しし、計画元の企業からの退出勧告も事実上無視をし続けた。

いつしか作業員たちだけの楽園だった眞木島に外からの流入者も訪れ、最盛期には作業員以外の住民も多く移り住んでいたという。

しかし、島の管理が国に移動したことで雲行きが怪しくなった。

度重なる住民への退出勧告は、以前とは違い無視できないほど荒くなり、経済的な制裁を科すようにもなる。最後まで行政に抗《あらが》った島民たちの反対も虚《むな》しく、一九七二年、行政代執行により眞木島は閉山した。同時に上陸禁止になったのもこの頃である。

「なるほど〜。確かにあの島は謎だらけですもんね。まず三十二年前からずっと上陸禁止だし、管理目的での上陸しか認められてない。それでもしばらくは島まで行ってしまえば入れたらしいですね。今では警備も厳重で絶対無理らしいですけど」

リタはサザエのつぼ焼きを口に放り込んで「おかしくないですか」と興奮気味に唾を飛

ばす。

「普通そこまで厳しくします？　対外的には『倒壊の危険性』があるから、とか言ってますけど絶対にそれ以外の理由があると思うんですよね。絶対！」

さすがオカルト脳だ。

禁止、という言葉に過剰に反応するだけでなく、その理由をすべてなんらかの怪異によるものである、と決めつけているらしい。

常識的に考えて、およそ三十年前に閉山され人の往来がなくなった離島だ。国が倒壊の危険性を謳《うた》い、上陸禁止にするのはごく当たり前の処置に思える。

だが一方でリタが疑う『別の理由』というのもあながち飛躍した発想ではないような気もしていた。

戦艦島は、その気になればゴムボートでも上陸できるという。地元民でもまず近づく者はいないというが、本土との近さから閉山前は盛んに行き来があったらしい。

島に住んでいた子供が船で本土の学校に通っていたくらいだから、当時の光景は想像に難しくない。

逆に言えば、なぜそこまで隆盛を誇った戦艦島が閉山に追い込まれたのか。表向きの理由とは違う、ここにこそミステリーがあるように思う。

「そう！　閉山の理由って決定的な理由がはっきりしないんですよね。そりゃあ、管理権が行政に委託されたっていわれりゃそうかも……って思うところもあるんですけどね。けど、実際に島では何年も住んでいた人たちも多かったですし」

「きっと立退料をたんまりつかまされたんだろう。あの頃は景気も良かっただろうしな。それで残った少ない住民も最終的には逆らえなかったんじゃないか。しかし、君の言うように『閉山した理由』については疑問に思うところはあるね」

「そこであたし思ったんですよねぇ。それこそ、その『理由』ってのに先生の仰っていた宗教団体……ってのが関係してるんじゃないかって」

私はコップ酒をひと口飲んだ。喉に冷たい熱が染み込む。鼻へと抜ける米の豊かな香りがたまらない。安酒でも日本酒は格別だ。

その余韻を味わいながら、リタの言った言葉を嚙《か》みしめる。

「あの……先生？」

「そうか……。そういうことか。なるほど、面白いな」

閉山の理由にあの宗教団体がかかわっていた、としたら小林純兵がそこにいた理由が納得できるかもしれない。

やはりリタとここで出会えたことは私にとって僥倖《ぎょうこう》だ。

この仮説があれば、明日の新聞記事探しもまた意味の違ったものになってくるだろう。

「……？　なにをしている」

「ああ、そういえば写真アップするのを忘れてたって思って」

リタは、スマホで料理と酒の写真を撮り、次に自分の姿を撮った。ＳＮＳに投稿するのだという。

私が写らないようにしてくれよ、と念を押し、コップ酒を呷《あお》った。

2

気がつくと目の前には『幵《かい》』のマークが揺らいでいた。

跳ねるように飛び起きると下半身がやけに重い。まるで鉛をぶら下げているようだ。

膝を立てると水しぶきが上がる音がした。

「……川？」

ボクは川に下半身を沈めた状態で倒れていたようだ。

目の前に川堀の壁。そこにペンキで殴り書きされた『幵』があった。辺りはすっかり暗く、夜に沈んでいる。

考えるまでもなくボクはまた、白衣のバケモノに殺されたのだ。

「くそっ！」

雑草に生い茂る地面を拳で叩《たた》いた。激情にもかかわらず、土の地面を叩いても音はならない。それはまるでボクのどうにもならない無力さを表しているようにも思えた。

だが過去のどれとも違うのは、殺された恐怖や激痛よりも今回は怒りが勝っていたことだ。自分自身に対する怒り。なぜあれだけ注意していたのに、油断してしまったのか。

ボクはなんべんも地面を叩いた。自分でも気づかない内に涙と鼻水で顔はぐしゃぐしゃだ。

「なんで……なんでだよ！　ちくしょう！」

せっかく仲間にも出会えたというのに、この体たらく。情けなくてマキに会わせる顔がない。

あの島から帰ってくると、いつも知らない場所で目が覚め、決まってすぐそばに『开』のマークがある。行く回数を重ねるたびに事態と状況を把握できるようになる代わり、こちらの世界とあちらの世界との境界があいまいになってどんどん情緒不安定になっていくのが自分でもわかった。

その大半が恐怖や痛みによるものだが、怒りであったり悲しみであったりすることも多い。

次にあの島に行ったとき、またユキトと会えるだろうか。

だがボクはユキトにマキを任されたところだというのに、またも殺されてしまった。

川に突っ込んだままだった重い足を揚げ、ひとり力なく歩いた。所在無く彷徨《さまよ》う目は焦点がひとつに定まらず、何度も壁や柵にぶつかった。

どうやって帰ったのかも思い出せないまま帰宅した。


家に帰ると、母が飛んできたがボクの姿を見て嘆息を漏らした。

微《かす》かに「またか」と聞こえた気がする。

「ごめんなさい。お母さん、あのボク……」

「お風呂にはいりなさい。お腹《なか》は？」

母の何事もなかったかのような態度にボクは正直、面食らった。

今が何時かわからないが、こんなに真っ暗になるまで帰らなかったことなど一度もない。

しかも、半身はずぶ濡《ぬ》れで体中を土で汚して帰ってきたのだ。

「どうしたの」というひとことくらいあってもいいのではないか。

無論、ボクにとってはなにも聞かれない、干渉されないほうが都合がいい。

しかし、無関心というには些《いささ》か過剰すぎる無反応ぶりではないだろうか。

「なにも聞かないの？」

「なんにもなかったんでしょ。早く脱いでお風呂に入って。洗濯できないでしょ」

「どうして！」

「なに？　やっぱりご飯食べるの？　だったらなおさら早く……」

「もういい！」

会話の途中でボクは部屋に飛び込んだ。

部屋の外で父と母の話し声が聞こえるが、なにを喋《しゃべ》っているのかまではわからなかった。

——お父さん？　お父さんって……。

反射的に違和感を覚えた。だがその正体はわからない。とにかく、なにかピンとこないような、釈然としない感覚に襲われた。

「そろそろ引き継ぎしてもらおうか」

かろうじて、その言葉だけは聴きとることができた。

3

翌日、ボクは学校に行かなかった。

いや、厳密にいえば、学校に行くふりをして行かなかった……が正しい。

学校になど行ったところでどうせ居場所はない。友達だっていないのだから、誰にも相談することもできないのだ。

授業の内容だってまるで頭に入ってこないし、担任を含めた教師たちもどこかよそよそしい。

ただの被害妄想かもしれない。

だがボクには、自分を取り巻くあらゆる人間がボクに対して無関心を決め込んでいるようにも思えるのだ。

孤独の世界で唯一ボクの存在を認めてくれているのは――マキだけだ。

息を止めれば、いつでもマキに会える。求めている彼女と会える。

それなのにボクはそんな気にはなれなかった。当然だ。幾度ともなく同じことを繰り返している。

何度もマキを失望させているのだ。そんなボクに彼女と会う資格なんてあるはずがない。

これだけ一方的に殺される経験を重ねていると、ボクが何度死んだところで、何度あの島に挑んだところで結局最後には死ぬとしか思えない。殺されるだけだ。

さらに翌日。また翌日。

気がつけば、ボクは学校に行かないまま二週間が経《た》っていた。

依然、マキには会っていない。息を止めた世界に、これだけの期間があいたのは初めてだった。

このままマキと会わないまま、時は過ぎ、ボクは生涯を終えるのだろうか。

それもいいかもしれない。大事な人間を失望させてしまうくらいなら、このまま会わずに退屈な世界で死ぬまで生きるのも。

「そろそろ学校に行ったら？」

不登校が三週間目に突入した頃、見かねた母が声をかけてきた。

壁の薄いハイツでは、廊下越しからの声も聞こえすぎるほど聞こえる。

おかげで母と姉の吐く溜《た》め息も遠慮なしに聞こえてくるというものだ。

「行きたくない」

「そう」

母親の聞き分けのよさは理解があるからではない。無関心ゆえのものだ。学校に行こうが行くまいが母には関心のないことなのだ。それがボクをどうしようもなく孤独にした。

家族……肉親ですら、ボクを必要としていない。ただそこにいるだけのものとなり果ててしまう。それを知ってしまうことだけは恐ろしくて確かめられなかった。

だからこそ、マキはボクの拠《よ》り所。マキといるときだけが……。

――ダメだ。そんなことを考え始めると、またあの島に行くことになってしまいかねない。

ボクの中で湧き上がる湯のごとく熱い声が反論する。

『ならばなぜこの世界を恐れる？　あの島にいたほうがよほど孤独ではないはずだ。マキとは会話できるし、ずっと手も繋《つな》いでいられる。そしてユキトという仲間にも出会えた。お前にとって、こっちとあっち、どちらが地獄だ』

暗い部屋、頭を抱える。

こっちとあっち、どちらが地獄かだって？　そんなものは決まっている。

「こっちの世界だ……！」

「なにか言った？」

つぶやきというには力強すぎる声音が、薄い壁をすり抜けて姉の耳に入ったらしい。

「なんでもないよ」

ボクは布団を頭からかぶると、無理矢理眠ろうと努めた。

眠れたのはそれから六時間が経った頃だった。


校舎を見上げる。見慣れたはずの校舎なのに、見たこともない形の建物に見えた。

三週間も不登校が続けばそう見えるのは当然かもしれない。それに、登校していたときだって、こんなにもまじまじと校舎を見上げたことなどないのだから新鮮味があって然《しか》るべきなのかもしれなかった。

三年生の教室の前に立つと雑然とした空気が音に乗って漏れ出していた。ボクが中に入るとたちまち教室の空気は静まり返る。

みんながボクに注目し、動向を見守っているのがわかった。

「えーマジ？　くんなよー」

教室のどこからか誰かの不満が飛んだ。

「帰れって。学校くるな」

「空気おかしくなるからマジで」

「気ぃ遣うからいてほしくないんだけど」

ボクが知らぬ顔をしているからという理由で、あちこちからボクに対する悪口が飛んでくる。心の中で「だから厭《いや》だったんだ」と登校したことを悔いた。

しかし、それも仕方がなかったのだ。

これ以上部屋に閉じこもっていたら、ボクは間違いなくマキと会おうとしてしまう。そして、あの島にも行ってしまうのではないか。自分で自分の行動が読めない。いや、制御できないと言ったほうが正しい。

ともかく、ひとりきりの空間はあまり好ましくなかった。

たとえ、罵り、誹《そし》られたとしても、ひとりでいるより気が紛れるかもしれない。結論として、ボクは学校に行くことに決めたのだ。

——やはり思った通りだった。

居心地は悪いが、自分の部屋よりはマシだ。クラスメートからの悪口も聞こえないふりをしておけば問題なかった。

「今日は小林がきているのか。そうか、えらいな。よし、今日の授業は復習を中心にしていこう」

担任の提案。これはボクへの配慮のつもりなのだろうが、そんなことをすればまた他のクラスメートからの視線が冷たくなる。

手を挙げ、配慮は無用だと断ったがなぜか担任の意思は強かった。

期末テストの時期がもうそろそろ迫ってきているということもあり、クラスメートからのバッシングは凄《すさ》まじかった。

あの担任は、いじめられっ子を意図せず自殺に追い立てるタイプだろうと邪推した。

不気味な毒虫を離れたところから眺めているようなクラスメートたちの視線。なぜそこまで邪険にされなければならないのか、という疑問はとうの昔に無くなった。

とにかく、授業を受けておけば一日の半分が終わる。これだけで十分だ。

4

結局、ボクはまたここにいる。

赤い空、緑の太陽、青い雲。なにもかもがでたらめなこの島に。

風は生ぬるく、頬を舐《な》めるようにべたつきを残して去ってゆく。五度目の目覚めは、これまで現実世界で散々抱いた不安を吹き飛ばすような、衝撃の場所だった。

「電波塔……」

そびえたつ電波塔を見上げる。目の前……というほどは近くない。

だが歩いて向かっても二十分もかからないだろう位置に自分が立っているのはわかる。

「にぃに」

手を繋いでいるマキは何事もなかったかのように笑っていた。

三週間以上、あれこれと言い訳をつけては息を止めようともしなかったボクを責めもせず、ただ無邪気にボクを頼るようにはにかんでいる。何度殺されても、こうやって目を閉じればマキはいる。

マキは……あの場所での記憶があるのだろうか。それともボクが死ぬと彼女の記憶もリセットされるのだろうか。わからない……もう、わかりたくもない。

マキの笑顔を見るたびにボクは思い知らされるのだ。マキに悪い、マキに会わせる顔がない、自分は無力だ……。

そんなことを気に病んで、足踏みしているのはいつもボクだけなのだと。

「肚《はら》を決めるしかないんだね。マキ」

「にぃに、いこう！」

「ああ、行こう……マキ」

ジャージのポケットに手を入れる。今回はなにも入っていない。

「五度目ともなるともう手がかりはない……か」

「にぃに、ハイパータリオ！」

「え？」

振り返るとマキの脇には、ゲームキャラのタリオ人形が抱えられている。嬉《うれ》しそうにマキはそれをボクに手渡してきた。

「い、いや、ボクは……」

ふんわりとした手触り、ぬいぐるみだ。骨格が中にあるのか、強く触ると芯にごつごつとした触感がする。

「にぃに、もってて！」

「でもこんなの持って歩いていたら邪魔だよ」

「にぃにがもっとくの！」

マキは珍しく強引だった。彼女がそこまで我を出すことなど珍しいので、ボクはついついそれを受け取ってしまった。

「もしバケモノに襲われたらマキに返すからな」

マキはにこにこと笑っているだけでうなずきもしなかった。

溜《た》め息を吐き、ボクはタリオ人形を抱きかかえ電波塔を目指すことにした。

「それにしても……」

改めて電波塔を見上げてみる。ボクは不思議な既視感を覚えていた。

それは確かに、一度目にきたとき、遠くから見た。

だがここまで近くで見ると、違う既視感に包まれたのだ。

「似てる……」

足元から見上げる電波塔は『开』の字にそっくりだった。

ここで殺されて現実に戻るたび、どういうわけか『开』のマークのそばで目を覚ます。

決まって身に覚えのない場所に飛ばされるのも印象的だ。

すでに五度目の島。不思議とここが物語の終盤のような気がしていた。

何度殺されても死に戻りするだけなのか。それとも死ねる上限は決まっているのか。

よくわからないが、この島に来るのは限りがある。そして限りは近い。根拠もない直感が言っている。ボクの直感に電波塔がうなずいた気がした。

一番最初に、ポケットに入っていたメモ。そこに書いてあった『電波塔へ行け』。

そこが奇《く》しくもすぐそばにある。それにユキトも「電波塔に集合」と言っていた。

ここがキーになるのは間違いないはずだ。だが目の前にしてボクは腰が引けていた。

これまでとは比べ物にならない、危機が待っているのではないか。ここまでさんざん一方的に殺されてきたが、それにも勝るもっと恐ろしいことが待っているような気さえする。

根拠はない。

だが自分が経験したおぞましい記憶が唯一にして無二の根拠だといってよかった。

気づくと空は急激に様相を変えている。

赤い空は黄色になったかと思うとオレンジから茶色くなり、段階を踏んで暗くなってゆく。ボクは直感的にまもなく藍色を塗り込めた夜がやってくるのではと思った。

急がねば。

とにかく、今は電波塔へ急ごう。あそこに行けばきっとユキトにも会えるはずだ。

だが同時に不安もあった。

テレビ男や自転車少女、カマキリ女といった白衣のバケモノ。あれに出会って、見つかってしまわぬよう細心の注意が必要だ。

あれが一体何者か、など疑問はあるが今はそんなことに気を回してはいられない。

乾いたカチカチの土を蹴り、マキと共に電波塔を目指す。

いつかの坂と違い、木陰や背の高い草木なども生い茂っている道は、姿を隠しながら向かうことができそうだ。

白衣のバケモノに見つからぬよう気を張り、慎重に電波塔を目指した甲斐《かい》あって目算通り二十分ほどで電波塔の足元に辿《たど》り着いた。

見た目から想像していた以上に、地に突き刺さった足は大きく、ひと口にここで集合だ

二見ホラー×ミステリ文庫

今後の発売予定

8月23日発売予定

H　**宵坂つくもの怪談帖**（仮）

川奈まり子

装画：鈴木次郎

9月21日発売予定

H　**芸術大学怪談学科**
百鬼夜行キャンパス（仮）

栗原ちひろ

H　**ヒルコノメ**（仮）

竹林七草

H　**怪談師夜見**（仮）

緑川聖司

fHM

futami
HORROR × MYSTERY

パラサイトグリーン
―ある樹木医の記録

有間カオル

丹地陽子〔装画〕
朝宮運河〔解説〕

樹木医である雨宮芙蓉は、心療内科医の朝比奈匡助の依頼で、奇妙な仕事をしていた。それは寄生植物病（通称・ボタニカル病）、つまり植物に寄生されるという未知の病に罹った人々を診察すること。さまざまな植物に寄生された患者たちを治療するために、患者たちの持つ苦悩に向き合い、耳を傾ける芙蓉。しかし、この病には大きな謎が潜んでいた――。

978-4-576-21112-1 ／文庫判／本体750円＋税

わざわざゾンビを殺す人間なんていない。

小林泰三

遠田志帆〔装画〕
我孫子武丸〔解説〕

地球上の全ての生
れ活性化遺体（ゾ
ゾンビとして施設で
徊する――そんな
の中でゾンビ化し
のようにゾンビに
場に探偵・八つ頭

978-4-576-2

fHM
二見ホ
20

と言われてもどこにいればいいのかわからなかった。

場所が場所だけにあまり気を遣わない場所で待っていると目立ちしすぎる。

やはり足の影に隠れているのが最善の策だと思った。

「ユキト……来るかな」

ひとりごちながら、振り返る。

背には見晴らしの良い景色が広がっていた。電波塔は、高台にあった。

相変わらずの赤い空の下、藍色の夜がやってくるのが無性に怖い。ユキトという生きている人間の仲間と出会ったという体験のせいで、ひとりでいることに強い抵抗が湧いた。

「にぃに」

「そうか、ボクにはマキがいたね。ごめんな」

まるでボクの心の中を覗《のぞ》いたかのようにマキが絶妙のタイミングでボクを呼びかける。

なぜ、こんなにずっと手を繋ぎ、行動を共にしているマキの存在を忘れてしまう？　自らを責めるが、不思議と孤独感はボクの心から消えることはなかった。

塔の足元から景色を見渡していると、視界の端でキラリとなにかが光った。

気のせいかと思ったが、それを否定するようにもう一度、キラリ。

小さな光、ほんの一瞬だ。

「まさか、ユキトか？」

ユキトがボクに合図を送っているのかもしれない。だとすれば、ボクが気づくように光らせているのは当然のことだろう。

目を凝らして光った場所を凝視する。小さな人影があった。それも、ふたつ。望遠鏡か双眼鏡のようなものでこちらを見ている。ボクたちに気づいているのだろうか。手を振ってみるが反応はない。

――ユキトのほかにもいるのか。

そういえば、ユキトはボクと話しているときに他の仲間らしき名前を口にしていた。確か、ユウスケ……マンイチ……。

他にもいるのかどうかはわからないが、ユキトの話から少なくともあとふたりは仲間がいるようだ。そう考えると、遠くで蠢《うごめ》いているふたつの影はユウスケとマンイチではないだろうか、と思った。しかし、いくら明るいうちとは言え豆粒ほどの大きさにしか見えないふたりの人影を、そのふたりだと断定するのは困難だった。

それに、断言はできないもののふたつの影はどちらも女の容姿に見える。ひとりは水色のセーターにスカート、もうひとり白いワンピースの少女だ。

動きから見て、ボクに気づいているような素振りはない。光っていたのは望遠鏡のようなもののレンズが反射したものかもしれない。

あくまで憶測の域を出ないが、あのふたりと合流したほうがいいような気がする。

「でも遠すぎるな」

ふたりと合流するプランをいくつか考えてみたものの、ここからふたりとの距離は遠すぎる。おまけに互いに別の高台にいるのだ。一度ここを降りて、さらに白衣のバケモノに見つからないよう合流するというのは至難の業だろう。わざわざ「見つけてください」と言っているようなものだし、命をかけるには危険な冒険すぎる。諦めるしかないように思えた。

「にぃに、アレ」

不意にマキが正面を指さした。指先の方向を目で追うと、そこには先ほどのふたりの女の姿。

「なんだ、あの人たちがどうしたんだ」

「こわい」

「こわい？　なにが？」

「いや！　こわい！」

マキはそう言ってその場にしゃがみこむとボクの手ごと耳を塞いでしまった。

「ちょっと、手が離れちゃうって！　急にしゃがみこんだりしないでくれよ。……いったいなんなんだ」

マキと手が離れてしまわないよう、ボクも彼女に合わせて中腰になるとマキが指さしていた場所に目を凝らしてみた。

「……あ」

ふたりのそばに、もうひとつ人影が見えた。

……人？　いや、違う。あれは一体なんだ。

人のような姿をしているが背中に翅《はね》のようなものが見える。頭からも角……いや、触覚だろうか。ここからではよく見えないが異形の者であることには違いなかった。

伸びた穂と木々に身を隠し、ふたりを観察しているようだ。

手には鎌状のなにか持っている。細かくは確認できない。だがふたりの女は人影に気付いていないようだ。

バケモノが徐々に距離を詰めてゆく、まずい。このままではあのふたりはひとたまりもないではないか。

「やーーめーーろーーー！　にーーげーーろーーー！」

周囲の安全も確認していないというのに、ボクは叫んでいた。

今にもバケモノの手にかかろうとしているふたりに、どうにかして気づいて、逃げてほしかったのだ。

何度も殺され、絶望を味わい。死に戻ったボクだ。この島の誰よりもその地獄を知っている。

「にーーげーーろーーー！」

だが、声を枯らすほどの叫びも虚しく、見るからにふたりには届いていなさそうだった。

近づく人影、動かぬふたり。

――なにやってるんだよ！　なんで気づかないんだ！　早く逃げないと死んじまうぞ！

心の中の声を外に出さなかったのは、そんなことを口にするくらいなら叫び続けたほうが気づいてくれるかもしれなかったからだった。

声の尻がガラガラと掠《かす》れ、音が潰れてゆく。気づけ。頼む、逃げてくれ。

「うしろだぁあぁーーー！　はしれえええーーーー！」

ついにバケモノの人影はふたりのそばまで近づいた。そして、彼女たちの頭上に大きく鎌状の腕を振りかぶる。

鎌はふたりのうちひとりの後頭部にめり込んだ。

そして鎌をのこぎりの要領で踊るように前後に引くと、やられたほうはがくんがくんと烈《はげ》しく身を震わせた。既視感のある、残虐な殺され方。見ていられなかった。

ボクはその場にがっくりと膝をつき、うなだれた。自分の死だけでなく、他人の死も救えない。この運命は決して抗うことのできないものなのだろうか。

「にぃに、かなしい？」

マキが横からボクの顔を覗き込む。

ボクはそんなマキを見つめたまま涙をこぼした。

「ごめん……ごめんなぁマキ」

「なんであやまるの？」

「ごめん……」

ボクは卑怯《ひきょう》な男だ。これからさきもきっとボクは一方的に殺され、マキを救うことができない。それに先んじて、謝っているのだ。

殺される前から、助けられないことを謝る。ボクはただの卑怯者なのだ。

「にぃに、泣かないで」

「うう……」

マキは心配そうにボクのようすを見守りながら、頭に触れる。

「……？」

「だいじょぶ、だいじょぶ」

そう言ってマキはボクの頭を撫《な》でてくれた。まるで兄弟や肉親のように、幼さからはみだす慈悲深さで。

「いこう？　にぃに」

「……ああ」

マキはいとも簡単に、ボクの不安を取り除いた。

島にくるたびに……いや、それ以外の「こちら側」でも。ボクはいつだってマイナス思考で、ネガティブなことばかり考えていた。

マキと会いたい。救いたい。という気持ちに偽りがないことは確かだ。

だが、その気持ちと結果がまるで伴っていない現状を憂いてばかりだった。

ボクはマキを救えないかもしれない。また一方的に殺されるだけなのかもしれない。

だがここでマキとこの手を繋いでいる限りは、諦めてはいけないのだと思った。

せめて、一緒にいる間だけでも。ボクはできることに全力で取り組まなければならない。

『ジジ……究極のぉ……ジジジ……救済……』

一瞬にして全身の血が凍る。極度の緊張で毛穴が開くのがわかった。

——しまった！　ボクの声で引き寄せてしまったんだ！

至極当たり前のことだった。

あれだけの大声を出せば、厭でも気づかれてしまう。

それが誤算だったわけではない。自分でもわかっていたが、それでも居ても立っても居られなかったのだ。

だからといって、バケモノが現れたときに対処法があるわけではない。自分の無策を呪ったが、叫んだこと自体には後悔はなかった。

だがそれと今ここにある恐怖とは全くの別物だ。マキと共に身を隠さなければ。

かない。


「マキ、こっちだ！」

電波塔の陰に隠れながら、アレのようすを窺《うかが》うしかない。

しかし、ボクたちにとってこの電波塔こそが目的の場所だ。ここから離れるわけにもいかない。

——でも、だからってここに隠れられる場所なんて……。

今自分が身を隠している鉄の足。ここ以外のみっつの足。

それを除いては、とても隠れる場所などない。電波塔の周りは部外者の侵入を阻むフェンスが囲んでいた。

『ほほほんじ……つぅのぉ〜、げすす、とととはあ〜……』

開け放されているフェンスの入口から、テレビ男が侵入してきた。手にはやはりべっとりと血がついているせんじょう様。

これまではずっと、あの血はボクのものだと思っていたが、この島に自分以外の人間もいるとわかった以上、ボク以外の誰かを撲殺したときのものかもしれないと思った。

『我々……の、団……体……は……決して、法に触れ触れ触れ』

足を引きずるようにしてゆっくりとテレビ男は歩きはじめる。固い土が爪先で擦《こす》れるたび、心臓が止まりそうになった。

『せんじょうさまささまのご加護ぅぉおお……私どもの信仰ののの自由うとはあはあ

は』

わけのわからないことを口にしながらテレビ男は徘徊《はいかい》する。

ボクたちを捜していることはわかった。

一時的な処置として、ここから離れるのはアリだとは思うが、ここに集合とユキトが言っていたのだからどの道ここには戻ってこなければならない。

そうするとやはりテレビ男から逃げるより、ここでテレビ男を撃退するのが最も最善策ではないかと考えた。

勇気を振り絞り、立ち向かう覚悟を決めた。

その考えをもたらした要因は、テレビ男の緩慢な動きにある。前回のときもそうだったが、こいつの動きは決して素早くはない。むしろとろいくらいだ。

注意深く動きを見ていれば、対処はできるのではないかと考えた。

しかし、そこでハンデになるのがマキだ。手を離すわけにはいかないので、一対一というわけにはいかない。ボクひとりならばどうにかできるかもしれないが、マキとふたりだとどうしてもキツイ。

――それなら……。

マキと共闘するしかない。危険ではあるが、ふたりで協力してテレビ男を撃退するのだ。

『女性はすべての生命ののここーこん～根源……でへええへえ』

ふたりで協力、言うは易しだ。要は作戦次第。幼く小さなマキでもできるような……いや、違う。逆だ。幼くて小さいマキだからこそできることがなにかあるはず。

それにマキにあまり難しいことを注文してもきっと理解できない。

——考えろ、考えるんだ。あいつをやっつければ、自由度がかなりあがる。

様々な思考が浮かんでは消える。なにかヒントはないかと考え込めば、余計に袋小路に陥る感覚がした。

テレビ男の死角に入るよう体の位置を変えながら、その姿を観察する。

きっとなにか、なにかあるはずだ。

——……死角？　待てよ……。

今、ボクはテレビ男の背後からそのようすを窺っている。あっちは気づいていないし、なにしろ背後にいるのだから視界から消えている。

このまま奴が近づいてくれれば文字通り死角から先手を取れるのではないか。

だがもし思惑通りの状況になったとしても、マキがいる以上ボクの動きはかなり制限される。たとえ、マキに攻撃の手伝いをしてもらったところで所詮は子供の力である。

大した効果は期待できない。

いや、攻撃の手伝いをしてもらおうなどと考えてはダメだ。ならば逆ならどうだ。防御、もしくは回避……。

──あっ！

ふとボクの思考にアイディアが降ってきた。そうだ、マキにしかできないことがあるじゃないか。

──けど……それだけじゃだめだ。なにか、武器がないか。

辺りを目で探してみるがめぼしいものはない。

当然だとはわかっていたが、諦めるわけにはいかない。ボクは左右だけでなく、地面や頭上にも目を飛ばす。

期待も虚しく武器はおろか、使えそうなものは皆無といってよかった。

──くそっ！　どうすればいいんだ！

ハイパータリオのぬいぐるみを抱く力がこもる。

「……………！」

「にぃに？」

「……マキ、いいか。今からボクが言うことをちゃんと聞くんだ。わかったね」

「うん」

ここへきて、なぜハイパータリオのぬいぐるみなのかと思ったが合点がいった。そういうことだったのか。

しゃがみこむとマキに目線を合わし、テレビ男に聞こえないよう作戦を話す。マキにでも理解できるシンプルで単純な作戦だ。きっと、うまくいく。

「わかった！　にぃに」

「よし、頼むぞ、マキ」

5

テレビ男は相変わらず、ゆっくりとした歩調でボクたちを捜している。

ここにじっとしていたら見つかるのは時間の問題だ。

地面に落ちている大きめの石を手に取るとテレビ男に向けて力いっぱい投げつけた。

しかし石はテレビ男には当たらず、大きく逸れて地面に落ち、足元で転がった。先手で奇襲したのが裏目に出た。外してしまえばこっちが不利だ。焦りを抱えながらボクはあとずさった。

だがそのせいでテレビ男はこちらに気づき、ゆっくりと振り返る。

「やーい！　テレビお父さーん！」

――こらこら、それを言うならテレビおじさんだろ。

緊張感で張り詰めているはずなのに、思わず噴き出しそうになってしまった。

『じゅじゅじゅ……ぺぺぺぺぇ～……いい？』

一瞬で血の気が引く。もしかして、あいつ、ボクの名を呼んだのか。

なぜ、なぜボクの名を知っている？

考えても仕方がない。ただでさえ常識で考えられない状況なのだ。あいつがボクの名を知っていても大した問題ではない。

『そこに……〜いる？？』

「ほらほーら、こっちだよー」

電波塔の鉄の足からひょっこりと姿を現し、マキがテレビ男をおびき寄せる。

マキを囮《おとり》にし、ボクは柱の陰に隠れる。ありきたりですぐにバレそうな作戦だが、勝算はあった。

前回、テレビ男に出くわしたときのことを思い浮かべてもそうだが、あいつは動きものろまだし、頭を働かせるタイプではないということだ。音や動きなどに反応し、愚直にそれを殴りにくる。ホラー映画のゾンビのようなものだと思った。実際、テレビ男はマキの誘いにバカ正直に引っかかっている。近づいてくる足音の一定さからもそのことは窺い知れた。

作戦と呼べるほど高尚なものではないが、だからこそうまくいくはずだ。なにより、ボクにはこれがある。

「にぃに！」

マキが叫んだ。ボクは柱の陰から飛び出す。

目の前にテレビ男がいた。今にも手に持ったせんじょう様の像を振りかぶろうとしている。

ボクはタリオの芯をしっかりと握り込み、胸に目掛けて突き出した。

ずぶり、と厭な感触が手のひらに伝わり、テレビ男が異変に気づく。距離を離されたら事だと思ったボクがさらに一歩懐に踏み込むと、より深くテレビ男の体内に先端が刺さるのが伝わった。

『???』

テレビ男は訳がわかっていないようすだった。当然だ。

なにしろ、あるはずのない鉄芯が自らの胸に突き刺さっているのだから。

ハイパータリオのぬいぐるみ人形の中に、不自然な形で入っていた芯は、骨格などではなかった。先端が歪《いびつ》に尖《とが》った赤錆《あかさ》びた鉄芯が入っていたのだ。

背中の縫い目は最初、気にならなかったが、鉄芯の存在に気づいて改めて見ると雑に縫い合わせてあるのがわかった。

その縫い目はまるで、「一度開いたのをもう一度縫い合わせた」ように。

なぜマキがこれを持っていたのかはわからない。だが、この世界でボクがこれを手にした以上、意味があったのだ。ボクに、マキを守れというメッセージを込めて。

『じゅじゅじゅ〜……ぺぺぺぺぇ〜』

「うるさいっ！」

片手ではちゃんと力が入らない。だいぶ深く突き刺さっているとはいえ、それは片手にしては、という意味でだ。

もっと奥深く、心臓に届くほどに突き刺すには力が足りない。

「うわあああ！」

ボクは叫び、そのままテレビ男を押し倒した。その勢いと、ボク自身の全体重を鉄芯に乗せ覆いかぶさってやった。

思った通り、鉄芯は根元まで刺さり、刃の先端が固いものに当たる。貫通して地面の石にぶつかったのだ。

テレビ男は苦しそうに首を激しく振り、手に持った仏像をでたらめに振り回したがボクやマキには当たらなかった。

ボクが鉄芯に体重をかけ続けていると次第にその動きはゆっくりになり、やがてぷつりと電池が切れたように動かなくなった。

「…………死んだ？」

恐るおそる見上げる。テレビ男のブラウン管は暗く、なにも映し出していない。

呼吸をしている肺の動きも見られないし、指先の一本も動く気配もない。

「死んだ！　やった！　やったぞ、マキ！」

上体を起こし、マキと手を繋いだままテレビ男の体に馬乗りになった形になる。

思わず喜びからボクは拳を振り上げた。

「やったあ！　やっつけたああ！」

歓喜の雄たけびを上げ、ボクは生まれて初めて味わう爽快な達成感に打ち震えたのだった。

「うう……うわあああん！」

「えっ！　な、なんで？　なんで泣くんだよマキ！」

ボクの喜びに同調し、一緒にテレビ男を倒したことを称《たた》え合うのだとイメージしていた。

なのに、マキは突然大声をあげて泣き始めたのだ。

「お父さん、死んじゃったああ〜！」

「お、お父さん？　誰が……まさか、テレビ男が？」

「うわあああーん」

訳がわからず、呆然《ぼうぜん》とテレビ男を見下ろす。胸を鮮血で真っ赤に濡《ぬ》らしたテレビ男——

テレビ……じゃない。

そこにいたのは、テレビ頭のバケモノではなく、苦悶《くもん》に烈しく表情を歪《ゆが》めたまま事切れている中年男性だった。

「だ、誰だこれ！　テレビ男じゃない！」

「お父さあ～ん！　うわーー」

「え、ええ？　お父さん……マキの？」

「ひぃぐっ！　うぐ……」

鼻をすすりながらマキはとめどなく溢《あふ》れる涙を拭う。そしてただ純粋な悲しみに泣き続けた。

「ち、違う……！　ボクがやったのは……ボクが……」

立ち上がり、さらに高いところから男を見下ろす。心臓が高鳴り、耳鳴りがする。目がかすみ、頭が重い。

すべてが否定された気分だった。

いや、すべてが。ボクのすべてが否定されたのだ。

「違う……これは……ボクが……ボクじゃな……」

朦朧《もうろう》とし、状況を理解できなくなったボクはそのままあとずさった。

力を失くした手がマキの手から離れる。

「あ……」

小さく声を漏らしたのはマキのほうだった。

涙で真っ赤にした大きな目を丸く見開き、ボクを見たままマキは透き通り、そして消えた。

「ああ……」

膝から落ち、乾燥して固い土の上でへたり込んだ。

「ああああーーー！　うあああああーーーー！」

殺されるのとは違う種類の、絶望。

なにがなんだか全くわからない。だが、ボクはマキの父親を殺してしまった。これだけが確かにここに存在する事実なのだ。

ボクは、人を殺した。誰かに脳みそをいじくられたんだ。そうとしか考えられない。テレビ男なんて、最初からいなかったのだ。そう、きっと最初から。


「おい、なにしてる！　もうユキトたちはきたのか！」

突然、知らない男の声がする。

驚いて振り返ると、やはり知らない風貌の男が立っていた。

「もう限界だぞ、待てない！　暗くなればもう出るに出られないぞ！　ユキトはなにをしている！」

加えて男は「夜がくるぞ。すぐにでも出発しないと」と焦りに顔をしかめながら言った。

「それで……いたのか。マキは」

「え？　マキ？　ええ……」

「まさかマキも見つけていないのに集合場所にきたのか？　……まあ仕方あるまい。子供の力だ。それに他の連中もいるんだろう？　そっちがうまくいっていればいいが」

ボクの曖昧な返事に、男はやけに細かく答えてくれた。

苛立《いらだ》っているのを爪先を小刻みに揺らすことで表現し、男はタバコをくわえる。

「くそっ、全員無事ならいいが」

男は乱暴な口ぶりだが、それは安否のはっきりしないユキトたちに対しての心配からきているようだった。

「あの……ユキトはどこにいるんですか。彼らはどうしてこの島に……」

「想像以上にこの島は危ない。お偉方が強引に入島禁止にしたのもわかる。そんなところにわざわざ子供を連れて上陸するなんて、俺はどうかしていた……！」

「聞こえてますか、ユキトの他に誰がいるんですか」

「そこに倒れているのは……お前、まさか」

男は倒れているテレビ男を見て絶句した。みるみるうちに顔が青ざめてゆく。

「ち、違うんです！　これはこの人がボクたちを襲って、その仕方なく……」

「まあいい。その男はそうなる運命だった。そうでないとお前たちが危なかった……。いや、よく無事だった。それだけでいい」

貧乏ゆすりをしながら男は火を点《つ》けたばかりのタバコを踏み消した。

「とにかく、お前はここで隠れていろ。俺は他のガキどものようすを見てくる」

「ま、待って！」

男はボクの呼び止めに構わず、走り去ってしまった。

次から次へと押し寄せる状況に頭がついていかず、とても男を追いかける気にはなれない。一体、どうなっているのか混乱してばかりだ。

「もう……もう、疲れた」

この島にきて、はじめてボクは現実に戻りたいと思った。だがそこで事実に気づく。

ボクは、この島に来る術《すべ》は知っていても死ぬ以外に戻る術を知らなかったのだ。

確かに殺されれば現実に戻ることができる。だが、自らの意思で戻ることはできるのか。

息を止める。強く念じる。頬を叩く。

思いつく限りのことは試してみるが、どれも期待を裏切った。

鏡を見ずとも、自分の顔が青ざめているのがわかる。死ななければ、戻れない。

フェンスの先には崖。そばまで近づき、崖下を覗く。

尻が浮く感覚に怖気《おぞけ》が走った。崖下から吹き上げるような風、生命を吸い込もうと口を開けて待ち構えているような眼下の景色に息を呑んだ。

殺されるのとは全く違う、異質な恐怖。自ら命を断つということが、殺されることよりももっと恐ろしいことなのだと思い知った気分だった。

——だ、だめだ……。ここから飛び降りるなんて……無理だ。

マキを救うために島にきたはずなのに、救うどころかマキの父親を目の前で殺し、彼女を悲しませるボクのような存在など無用なのだ。

だが、死にたくない。あれだけ何度も殺された。理不尽に、酷《ひど》い殺され方で死んだというのに、ここから飛び降りることなど途方もなく無理だ。

死が呼ぶ声に、怖気《おじけ》づき、本能でボクはそこから離れた。

——……最低だ。ボクは、ボクの人生は最悪だ……！

風で穂が揺れるたび、笑われている気分になり、落ち込んだ。

ひとりきりになってしまったボクは、孤独に耐えることができなかった。

6

民宿で家庭的で懐かしい朝食をとった。

煮物や焼き魚などどいつぶりだろうか。千切り大根やきゅうりの酢の物も、あまり得意ではないが素朴な味付けが美味いと感じた。

改めて自分が普段、どれだけ食に手を抜いているのかがわかる。一年のほとんどを外食と弁当で賄っている。いつのまにか味にも鈍感になり、美味いものを食いたいという欲求すら薄くなっているのかもしれない。

料理を作ってくれる相手がいないわけではないが、どうもそういった家庭的なことを相手に求める気にはなれなかった。そのせいもあってか、人の手料理が沁《し》みる。

薄味の卵焼きも、地産を生かした海藻の味噌汁《みそしる》も滋味があって美味い。

テーブルに並んだ皿をぺろりと平らげると、旺盛な食欲に自分でも驚いてしまった。

コートを羽織り、鞄《かばん》を肩にかけると女将《おかみ》か仲居か判然としない女性に礼を言って外に出た。飛び込みで宿泊したが、いい宿だった。しばらく顔を合わせていない、東京にいる恋人が目に浮かんだ。旅館もいいがあえてこんな安宿に泊まるのもいいかもしれない。

しかし、彼女はなんと言うかな。きっとがっかりするに違いない。

私はその足でリタが泊まっているホテルに向かった。

このホテルも古く、壁には黒ずんだシミが目立つが、私が泊まった民宿に比べれば外見だけならシティホテルと比べて遜色ない。それほど私が泊まった民宿との落差があった。

眠たそうにあくびをし、目の下にクマを作ったリタが姿を現した。

朝食はとっていないという。

リタ曰《いわ》く、昨夜、あの後飲み足らずに部屋で音楽を聴きながらひとり酒を決め込んでいたという。

「若いというのはいいな」

「ご冗談。もっとイケたんですよ、前は」

そうか、という私の返事が軽すぎたのか、リタは反応せずに私の横に並ぶ。

「ええっと……どこでしたっけ」

「図書館さ。小さいがね、手がかりの宝庫だ」

「なるほど。じゃあ、行きましょっか」

時刻は十一時を過ぎたところだ。図書館はもう開館しているはずだった。

「昨日、話にあった宗教団体ですけど、ホテルに帰ってからネットで調べたんですよ。あと、知り合いのライターとかにも聞いたりして」

図書館までの道すがら歩きながらリタが例の件について話しはじめた。

宗教団体——その名を『真白洗浄興《しんぱくせんじょうきょう》』といった。

創立は昭和五〇年。現在は解体され、存在しない。

世間を震撼《しんかん》させた『バラバラ洗骨事件』に深くかかわっていたことで一時的に注目を浴びたが、ぱったりとその名を聞かなくなった。

時折、忘れた頃に元信者が起こしたせこい詐欺事件などで名を見ることもあるが、その程度だ。

リタは話す。

「あれだけの大事件起こしたっていうのに、急にマスコミが騒がなくなったの……不思議だと思いません？　実はあれ、大物政治家の息子が真白洗浄興に入信してたってのが理由らしいですよ」

「なんだそれは。圧力がかけられた、とでもいいたいのか？」

「まあまあ、陰謀論は都市伝説から切っても切り離せないものなんで。そう言っちゃえば、身もふたもないんですけどね。凛進党《りんしんとう》の総裁っていやあ、国を動かしてたトップみたいなもんでしょう？」

リタが口にしたのは、当時政権与党だった党の総裁の名だった。つまり、その時代の総理大臣ということになる。

思わず私は噴き出してしまった。いくらオカルトライターで、こういう陰謀論がつきものだと言っても、話が突飛すぎる。一国の総理がそんなものに関与——。

「するわけない、って思ってるでしょ？　それって傷つく～。大体、昨日は『なにか利権が絡んでる』って先生が言ったんじゃないですか。小説的観点からって」

「そうだったか？」

とは言ったものの、発言自体は覚えている。確かに言った。

言ったがそれは「あの島に重要ななにかがある」と推測しただけであり、あくまで小説的観点だ。小説である以上、それは作り話でしかない。

利権＝陰謀論、それ自体は正しいのかもしれないが、だからといって総理を担ぎ出すのはそれこそオカルトすぎる。私が言いたかったのはそれよりももっと小さな権力だ。例えば、町の権力者。または県の、でもいい。

「だったら言い換えましょうか？　その政治家の息子が洗浄輿に入信したのではなく、洗いいいいいいいい浄輿を作ったのだとしたら？」

「なんだと？」

「そうなんですよ。息子は当時四十代。一度は父親に従って政治の世界に入りましたが、水が合わなかったのか数年で退いています。そのあと、母の故郷である沖縄に移住し、それから数年後、真白洗浄輿を設立した」

バカバカしい。と私が心の中で愚痴を吐いたところでリタは、「信じるか信じないかはあなたの自由です」と笑った。

「まあでも、その話が嘘でも本当でもあの島を上陸禁止にできちゃうくらいの力がある人が洗浄輿内にいたってことは確かじゃないですか」

「それだって微妙な話だろう？　偶然が重なっただけで洗浄輿とは関係ないのかもしれない」

「先生ぇ〜……案外つまんないこと言うんですね。ホラー作家なのに」

「ホラー作家は理系が多いものでね」

ホラー作家は理系が多い、というのは口からでまかせだ。だが洗浄興と島の関係について懐疑的なのは本心だった。

それに、その辺の事実関係も踏まえて新聞で当時の事件を見てみたかったのだ。

「じゃあ、つまんないついでにもうひとつ聞いてくださいよ。あの島にまつわる怪談」

「眞木島の怪談？　あるのか、そんなもの」

「あったりまえじゃないですかあ。じゃないとこんな田舎くんだりにこないっしょ。戦艦島には、白衣を真っ赤に染めた幽霊が出るらしいんです」

「白衣？　病院でもあるのか」

「さあ。なんで白衣なんでしょうね。ただ……真白洗浄興の信者はみんな、白装束を着ることが義務づけられてたらしいですよ」

思わずリタの顔を見る。リタはわたしをからかうようにして、ニタリと笑った。

7

どれだけの時間が経ったのだろうか。

電波塔から離れられないボクは、高台から付近を見張りながら景色を眺めていた。

潮風に乗って冷気が運ばれてくる。夜が近いようだ。心なしか空がやや紫色に暗くなった気がする。

ここからどうすればいいのか。なにをすべきなのか、完全に見失ってしまった。

ひとつだけ確かなのは、この場で待ち続ければおそらく誰かは来るだろうということ。

――誰かが、マキを連れてくるのかな。

手を離して、ボクの前から消えたマキをユキトか、ユキトの仲間が連れてきてくれるのだろうか。

――マキ……。

マキの姿を思い浮かべる。ボクはどうすれば彼女を救えたのか。どうすれば、彼女を悲しませないで済んだのか。このままここで待ち続け、マキと再会してもボクは彼女の顔を見ることができない。いや、彼女のためにもボクはここにいないほうがいいのか。

瞼《まぶた》を閉じると救えなかったもうひとりの名も知らぬ女の姿がよみがえる。遠くてどうしようもなかったとはいえ、みすみす見殺しにしてしまった。もうひとりの少女は無事だったのだろうか――。

「ん？」

あのとき、ふたりいた女の片方は妙に小さかったことを思い出した。小さな子供のように見えたのだ。

そして、その少女は……見知っている恰好《かっこう》をしていたことも。

「そんなはずない。だって、あのときマキは……」

そうだ。マキはあのとき、ボクと一緒にいた。手も繋いでいた。

だからあり得ないことだと思って、無意識にマキである可能性を排除していたのだ。

それに遠くから見た姿である。容姿がいくらマキに似ているからといって、顔まで確認したわけではない。たまたまマキと同じような恰好をしていた……という可能性だって考えられなくはないのだ。

――こんな島で、たまたま同じ恰好をしていた……？　そんなことあり得るのか。

自らの中で、肯定するボクと否定するボクが同時に存在し、主張し合う。決して譲ることなく口論を続けた。

「おい！　無事だったか！」

突然の声に振り返った。この声は、間違いない……。

「ユキト！」

「マキは……そうか、まだナアと一緒か。弱ったな、もう夜がくるぞ。溝口《みぞぐち》先生に怒られる」

「溝口先生？」

先生ということは、さきほどの中年の男性だろうか。

「あんまり待たせるとひとりで……なに？」

ユキトは突然ボクのほうに振り向くと、驚いたような表情を見た。なにも言っていないのに、どうしたのだろう。

「お前、それ本当か！　溝口先生がここに来たのか」

「ま、待って！　ボクはそんなことひとことも……」

「俺らのことが心配になったんだな……。ボートのこともあるし、待っててくれって言ったのに！」

ユキトは悔しそうに唇を噛み、帽子のつばから鋭いまなざしを覗かせた。

ボクはというと不可解な出来事に混乱するばかりだった。なにも言っていないのに、まるでボクが「溝口先生がここにいた」と話したような反応をユキトが見せたからだ。

「ヤバイな。先生がいないと島から出られない。どっちに行った？」

ボクが指さした方角に首を向けると、ユキトは駆け出した。

「俺、行ってくる！　先生が大人だから安全だって保証ないからな」

「待って！　ボクも行く！」

「なんだ来るのか？　やめとけ、せっかくここまで辿り着いたんだからここで待っとけ」

「そんな！」

「いいか、ここに誰もいなかったら辿り着いた奴がまた離れちまうだろ。もしもそれがマキだったとしてみろ、最悪だ。わかったらここにいろ」

「い、いやだ！　ボクも行く！」

ボクの声に構わずユキトは走り去ってゆく。ジャンパーの背にプリントされた近鉄バファローズの牛のロゴが、ボクを見つめながら遠ざかる。

追いかけようとするのに、ボクは膝に力が入らず立ち上がれない。追いすがるような恰好のままその場から動けないでいた。

「なんで……なんでだよ……なんで！」

最悪だった。なにもかも最低で、最悪の気分だ。

また涙が流れ、地面に落ちた。気づけばすっかり空は藍色になり暗くなっている。夜になっていた。

キコ……キコ……

「……っ！」

——最悪だ。ああ……最悪だ……。

キコ……キコ……

『わたしのほうがお姉ちゃんなんですからねえ』

このタイヤが軋《きし》む音と、声。これは、学校で出くわした——。

暗闇の中で揺れる穂を割るようにして、のっぺりと顔を出す。ひとつ目の眼球に無数の針が刺さった、髪の長い少女。口から血を垂れ流し、白衣の首元を真っ赤に染めている。

そして、どういう構造になっているのかわからないが、下半身は子供用の補助輪がついた自転車だ。

『お姉ちゃんの、いうことは聞くのがいもーとの役目なんですからねぇ』

そして、両手にはスプーンとフォークが握られている。なんて禍々《まがまが》しく凶悪な姿なのだ。

当然、恐怖はあった。手足の先が痺《しび》れて感覚がなくなるほど、血の巡りが止まるような緊張感。圧迫感。恐怖。

毎回感じるこれらの感情はボクから正常な判断力を蝕《むしば》み、奪い去る。

けれどそんなバケモノ……自転車少女と対峙《たいじ》したボクは、これまでとは全く違う思いがあった。

「よかった……やっと、『戻れる』」

近づく勇気はない。無意識に恐怖であとずさる。

だがその先にはフェンスだ。逃げ場はすぐになくなった。

がちがちと口の中で歯と歯がぶつかる。怖くて涙が溢れ、股間が温かく染みわたる。せめてもの慰めに、と目だけは閉じ、烈しく震える手はズボンを強く握りしめることで抑えた。

『お姉ちゃんとお、お医者さんごっこしまちょうねぇえ』

「た、助けて……！」

これも無意識に口からこぼれ落ちた言葉だった。自らの意志で死んで、現実に戻ろうと決めたはずのボクの……情けない最後の言葉。

次の瞬間、目の奥に鈍い痛みが走った。目に冷たいスプーンがめりこんでいくのがわかった。脳みそに届きそうなほど深くめりこみ、中でぐりぐりと掻き回される。

頭の中でテレビのチャンネルをデタラメに切り替えまくられたように、まとまりのない映像が駆け巡った。耳の内側からぐちゅぐちゅと聞こえる。いや、感じるの間違いだろうか。脳は痛みを感じないというが確かだった。取り返しのつかないことをされて、スプーンを掻き回されるたびに鼻や口や耳からなにかがぴゅっぴゅっ、と溢れるのがわかった。ただボクは言葉にも文字にも起こせない狂った叫び声をあげる。

死ぬ！　死ぬ！　死ぬ！

心の中はそれだけで埋め尽くされ、唐突にスプーンが引き抜かれた。

スプーンと一緒に、ボクの中にあった大事なものが一緒に外に飛び出る感覚。

ああ、眼球が……ボクの目玉が。

転がり落ちた眼玉を探すように地面に手を這《は》わせる。

そして無防備になったボクの顔に……目玉が残っているほうの目に、フォークが深々と突き刺さる。眼球が潰れたとき、なぜかボクは勃起した。

夢の、オワリ

1

小林純兵《こばやしじゅんぺい》のルーツを探ることが彼に辿《たど》り着くなによりのヒントになるだろうと踏んだ。

そして、辿り着いた真白洗浄興《しんぱくせんじょうきょう》と戦艦島《せんかんじま》。

私もバカではない。真白洗浄興については自分なりに調べてはみた。だが不可解なほど微々たる情報しか摑《つか》めなかった。

情報のソースがネットだというのも虚弱である理由のひとつではあるが、作家仲間に聞いたところで「分野が違う」と大した情報はない。

出版社の編集者たちに至っては、真白洗浄興の名を口にしただけであからさまに敬遠され、一切答えてはくれなかった。

本音をいえば、リタの言った「陰謀論」はあながち全くのデタラメではないのではないかとさえ思った。だが、それを鵜呑《うの》みにしてはいけない。そうやって今まで何度も真実から遠ざかってしまったではないか。

それにマキの存在。マキと小林純兵を結びつける手がかりも必要だった。それらを明らかにすることで、全てが繋《つな》がるはずだ。どうしても私にはそれが必要なのだ。

「なんかめぼしい記事ありましたぁ？」

肩を並べて資料室で新聞記事を読み耽《ふけ》るリタが不意に声をかけた。

我に返った私は慌てて新聞に目を落とし、自分がどこまで読んでいたかを探す。

「あ〜！　もしかしてサボってた？」

「バカを言うな。そんなわけがない」

「ほんとかなあ？　先生、見るからにプライド高そうだもんねえ。いいんですよ、サボってたって。正直にさえ言ってくれたら」

くすくすと笑いながらリタは私の反応を楽しんでいるようだった。腹は立つが不思議と不快ではなかった。

「少し休憩しよう」

「そうですねー」

リタには、とにかく真白洗浄輿にかかわる記事を探してくれと頼んでいた。ここまでリタは私が洗浄輿について調べている理由を聞かなかった。おそらく自分と同じくネタ蒐《しゅう》集《しゅう》のため……と自ら納得していたのだと思う。

「……先生って、一体なにを知りたいんですか？」

だがついに辛抱できなくなったのか、ストレートに訊《たず》ねてきた。

図書館に来て一時間が経《た》った頃だった。

「……洗浄興にね、親しい人がいたんだ」

「そうなんですか？　え、ちょっと待って。『いたんだ』って……」

「消息不明でね。今も行方がわからない」

嘘《うそ》は言っていないつもりだ。

「それってあの……つまり、先生は戦艦島にまつわるネタを取材しにきたんじゃない？」

「そうなるな。手伝ってもらっているのに、黙っていてすまない」

「あ〜……そうなんですね……あー……」

歯切れの悪いリタの返事。なんと返せばいいのか困っているようだ。

よほど予想外だったらしい。

「コーヒーを飲みにいかないか。奢《おご》るよ」

立ち上がると、リタは無言で私に倣った。

図書館が入っているコミュニティセンターを出た向かいに、カラカラと音を立てて回転灯が回る看板があった。

半分欠けた文字で「喫茶」と辛《かろ》うじて読める。これで営業しているのだから、地方の店のたくましさには頭が下がる。

「その、行方不明の人って……どういう関係だったんですか」

聞きづらそうな表情を浮かべている割には、リタははっきりと問いかけた。

たいした胆力だな、と感心した。

そして私は、ここまで彼女をつき合わせた理由を悟った。私にはない度胸があるのだ。

「どういう関係……改めてそう訊《き》かれるとどう答えていいか悩むな。そうだな、私の半身……とでもいうのか」

自分で言っておきながら少し喩《たと》えが違うと思った。

「半身……。大事な人だったたってことですね」

「そうだね」

リタは察したようだった。だがおそらくそれは誤っている。

もっとも、私にとってはそのほうが助かるのだが。

彼女が思っているのと、私が言っているものの具体像は違う。大事なのは間違いないが、リタが考えるような恋人や兄弟などといった間柄ではない。

深く詮索しようとしないところを見ると、大方そうだと考えているのだろう。

運ばれてきたコーヒーをひと口飲む。渋い。

対面のリタを観察してみる。彼女は口をつける前から砂糖とミルクを投入し、カップを持った。ひと口飲むが特に表情は変わらない。

「……どうかしました？」

「いや、なんでもない」

私もコーヒーに砂糖とミルクを過剰に投入し、味を殺す。もはやなにかわからなくなった飲み物で体を温めつつ、カップを置いた。

なにげなしに飲み口についた口紅のあとを見ながら私は口を開いた。

「とにかく、これは私のプライベートな問題だ。それにつき合わせてしまっている自覚はある。愛想を尽かせたのなら帰ってくれていい」

「なに言ってるんですか。こんなところに大ファンのホラー作家がいるんですよ？　その人の手伝いができるなんて、めっちゃ最高じゃないですか。そんなこと言わないで、もうちょっと手伝わせてくださいよ」

「君がそう言うならいいが……無理はしなくていいからな」

今日はまだ時間に余裕がある。記事をすべて読み尽くすまで一日はかからないだろう。

小林純兵……君はまだあの島のいるのかい。

2

『いいか、夜になる前に電波塔に集合だ。マキを捜すのに手分けするんだけど、同じところを誰かがまた探すのは時間の無駄になる。だから、探し終わったところは目につきやすい場所に『开《かい》』のマークを書き残そう。誰かがそれを目にしたらそこにマキはいないってことだ。それにそれぞれの無事を確認できるし、一石二鳥だろ』

ユキトの声だ。

近くで聞こえる。まるで耳元で話しているかのようだ。違う。そうではなく、もっと中から……。なんと形容すればわからない。とにかく不思議な感じだった。

『溝口《みぞぐち》先生が島の入江で待っていてくれる。でも、暗くなったら危ないから島からでられないって言っている。だからタイムリミットは暗くなるまでだ。いいな』

あちこちから返事が聞こえる。ひとりやふたりではない。おそらく……五、六人いるだろうか。

砂利が滑る音がうるさい。……いや、波の音か。海？　海が近くにある。

『もし、マキが見つからなかったら？』

『絶対、見つけるんだよ！　って言いたいけど、みんな無理しちゃだめだ。あいつらに見つかると大変だからな。だから見つからなくても見つかっても、夜までに電波塔。そこで打ち切りだ。また違う日に溝口先生に連れてきてもらえばいい』

『でも溝口先生、またボート出してくれるかなぁ』

『絶対出してくれるから心配するな！　それとユウスケ、マンイチ、中学生なのは俺らだけなんだから、ほかの三人より気合入れて捜せよ』

『わかってるって。いちいち言わなくてもいいよ』

『って言っても、広いぜ。あの団地だけでもどんだけあると思ってる』

『だからお前に頼んだんだろ。元々住んでたんだから、怪しいところとかマキが隠れていそうなところくらいわかるだろ』

『まあな』

『ナア、コージ、イチは簡単なところでいい。危ないところは避けてマキを捜してくれ。もし見つけたら、俺たちを捜さず電波塔に行って夜まで待ってろ』

『うん、がんばる！』

『……でもユキト、マキのお父さんとお母さんって、あのニュースでやってた悪い人たちだろ』

『違う！　確かにマキの両親や姉ちゃんはそうかもしれないけれど、マキはやりたくないのに無理矢理戦艦島に連れて行かれたんだ！』

『そうだぜ、その証拠にマキはしたくもないのにあんな恰好《かっこう》させせられて』

『あんなにおかしくなった家族からマキを助けるんだ！』

たちまち少年少女の鬨《とき》が上がる。そしてそれは波の音に徐々に呑まれていった。

3

目を覚ます。もうこれで何度目だろうか。

スズメの囀《さえず》る声が聞こえる。低い高さから太陽の光が差している。

朝だ。

壁に背を凭《もた》せて、足を投げ出すようにしてボクは眠っていたらしい。

意識が覚醒し、色々な記憶がボクの中に戻ってくる。ＤＶＤを高速で逆再生しているように、濁流のような記憶が短い時間で一気になだれ込む。

「わああっ！」

反射的に両目を手で覆う。視《み》えているのに、目があるか確かめる。

「ある……ある！　目、ボクの目！」

ぜぇはぁ、と突然息が荒くなる。玉のような汗が腕から滲《にじ》み出る。

それらの症状から遅れて、足元からがくがくと烈《はげ》しい震えが襲った。

「怖い！　怖いいぃぃい！」

混じりけもない、不純物も一切ない、純粋な源泉のような恐怖。恐怖以外の感情はすべて鬼に食われたかのように、ボクは恐怖だけに支配され気が狂いそうになった。

口から出たシンプルな言葉は、ただひたすら、正直に自らの感情を吐いたのだ。

「怖い怖い怖い怖い怖い怖い怖い怖い怖い！　怖いよぅ……！　怖いぃぃい！」

これまで味わったどの死に方よりも、怖ろしかった。両眼の奥の強烈な痛みが吹き飛ぶほどに怖ろしかった。

そして、ボクは思い知ったのだ。

『自ら死ぬということの愚かさ』を。

なにかに束縛されているわけでもないのに、ボクはじたばたと足を暴れさせ、ひっかき傷が残るほど顔に覆った両手の指に力を入れる。

目の前にはなにもない。誰もいない。なにも聞こえないし、なにも臭わない。

しかし、目に映るすべてがボクを絶望に導いている。死という絶望に。

「うひゃあああ～……！」

みっともなく声を上ずらせ、裏返しながら、最後は声が枯れてかすかすになるまで叫んだ。そして、そのままもう一度、気絶した。

意識が暗転する直前、股の間の土に書かれた『开』が見えた――。

『ええ。まあ、この症状は定期的にありますので』

『またですか』

『素朴な疑問なのですが、これは治るものなのですか』

『さあ。私としても初めて扱う症例ですし。ある意味で若年性アルツハイマー病に近いのかもしれません』

『条件がいいのでね、別に不満はありませんが……。突然、興奮して暴れたりとかしませんよね？』

『大丈夫ですよ。もしなにかあれば駆けつけますし。ああ、そうだ。これが今回の家族構成です』

『今回は父親もいるのですね。妹と四人暮らし。マンションですか』

『ええ。学校も手配済みです』

『わかりました。では、今回もよろしく』

『こちらこそ』

玄関の閉まる音。

ボクは起きていた。一体いつから、と言われてもわからない。とにかく気がつくと部屋の外から会話が聞こえてきた。

ひとつは母と、もうひとつは……知らない女の声だ。

壁が薄いのか、会話の内容はとてもよく聞こえた。こんなに声が通ってしまうような家で、なぜあんな話をするのだろう。

聞こえても問題ない、というのか。

立ち上がり、窓の外を見る。

夜だ。藍色ではない、ちゃんと黒い夜。……いや、これだって本当のことかどうかなんてわからない。

事実、母はボクのことをだまそうとしているではないか。どんな内容でだまそうとしているのか、よくわからないがとにかく、母はボクのことを誰かから頼まれているようだ。

そのとき、背後に光が差し込むのが窓ガラスに映った。

振り返るとドアの隙間から部屋を覗《のぞ》き込む母と目が合った。

「純兵……っ！」

ボクが起きていることを全く予想していなかったのか、母は目を剝《む》いて固まった。

そんな母の姿を見て、なんだかかわいそうになる。さっきの会話からまさかとは思っていたが、もしかしてこの人は――。

「ねえ、お母さん。あなたはボクのお母さんじゃないんですか？」

間。沈黙。

「…………な、なにを言っているのよ。そんなことより――」

――その沈黙が答えですよね。おばさん。

「純兵っ！」

女を突き飛ばし、ボクは外に飛び出した。

夜の街は、昼間と全く表情が違い、ここがどこかわからず混乱した。

――違う。昼と夜の違いなんかじゃない。ボクは最初からこんなところは知らない！

知らない土地の知らない道を駆けながら、ボクは記憶を遡った。

思えば、「あのとき」も、「あのとき」も、「あのとき」も、どれもこれもがあべこべだった。

母とふたりきりで暮らしていたときもあれば、父が健在だったときもあった。

借家だったり、マンションだったり、住む場所もバラバラだ。

学校でよそよそしかった同級生や教師も、落ち着いて思い返すと記憶によって顔ぶれが違う。そもそもボクは十五歳なのに、なぜ二年生の教室にいたんだ！

そうだ。授業についていけなかったのだって、学校そのものがしょっちゅう変わっていたからだ。

ボクの現実《リアル》は全部、全部全部、偽物だった。

「偽物だった！」

わからない。どういうことなのだ。

死んだりしない、殺されたり、怖い目に遭わないこの世界が現実じゃなかったのか。

バラバラの記憶を無理矢理つぎはぎされたこの世界が、偽物じゃないのか。

違う！

島での記憶も、ここでの記憶も、全部嘘だ！

ボクの、本当の世界は別にある！　そうに決まっている！

じゃないと、こっちもあっちも、どっちも地獄だ！

ボクは走った。足が千切れるくらい、全力で走り続けた。

呼吸が困難になるほど息が切れても、心臓が止まるまで走ってやろうとした。

汗が噴き出し、体中が熱い。シャツもズボンも汗でべっとりと張りついて、足を上げるたびに気持ち悪かった。

このまま走り続けていれば、地球を一周し、太陽に追いついてしまうのではないか。そうなるとボクは人より時間を早回したことになる。

アインシュタインの相対性理論が確か、そんな感じの理論だったはずだ。

時間を遡る能力を手に入れられるとすれば、「ボクの世界」がどこにあるのかわかるのではないだろうか。

もしも、ボクの世界がどこにも存在しなかったらどうする?

突然、目の前が真っ白になり体に衝撃が走った。

すぐに視界は回復し、なにが起こったのかわかった。

貧血か、脱水症状で倒れたのだ。誰も通らない夜の土手。いつのまにかボクはこんなところにまで来ていた。

——息が、できない……。

なりふり構わず、普通なら限界がくる前に走るのをやめ呼吸を整えるところを、ボクはそれさえも無視して走り続けた。

結果、体が悲鳴を上げ、息さえもできなくなったのだ。

——このまま、死ぬのかな。

足りない酸素のせいで朦朧《もうろう》とする脳みそに浮かぶ死。

だが島で殺されたときよりも、怖ろしくはない。むしろ心地いい気分だった。

このまま眠って、そのまま死ぬのならそれも悪くない。なにもわからない、自分のことさえもわからないままだが、もうすべて棚上げしたままこの世から消えたいと思った。

呼吸を諦め、死を覚悟したのに——それさえも、彼女は許してくれなかった。

「にぃに」

なんということだ。息ができない。自らの意思で呼吸を止めたわけでもないのに、マキが現れた。もうたくさんだ。勘弁してくれ。

「にぃに、行こう」

やめろ！　ボクはもうあそこには行かない！　そばに寄るな！

薄く、ぼやけてゆく世界で、ボクはハッとした。

もしかして、ボクは死ねないのではないか。

あちらの世界で殺されて、こっちに戻る。だがこっちの世界で死に至れば、呼吸が止まる。呼吸が止まればマキが現れる。そしてマキは——。

「にぃに、一緒にいこ」

ボクの手を、握った。

4

島は、夜になっていた。

もう戻らないと決めたはずのここに、戻ってきてしまったのだ。それも、今回はボクの意思ではない。マキに連れてこられた。

「にぃに！」

「はっ……」

いつものように左手はマキの右手と繋がれている。それを認めたのと同時にボクは握った手に力を込めた。

今度こそ離さないように、である。だがそれもまたこれまでと意味が変わっていた。もしも、この手を離せばマキは消え、そしてまたボクはひとり取り残される。そして、自ら死を引き寄せなければ戻れないのだ。

あの世界に戻れる安心感などより、そのために必要な「死」が受け入れられない。あの恐怖、あの痛み、あの絶望――。何度か体験すれば慣れるような気はしていた。だが慣れることはなかった。むしろ、死ぬたびに怖ろしくなる。死ぬことに慣れるなどあり得ないのだとわかった。

死は、より死を怖ろしくする。

ボクはもう……死にたくない。それを繰り返すくらいなら未来永劫《えいごう》、この島から出られないほうがよっぽどマシだ。

「行こうよ、にぃに」

ボクは答えられなかった。今まであれほど大事に守ろうとしてきたマキ。救おうとしてきたマキなのに、今は死神のように思える。

それにもかかわらず、マキからは恐怖を感じなかった。不思議と安心感すらある。

ボク自身、その感覚が薄気味悪かった。

テレビ男を殺したときのマキの悲しみようが忘れられないからだ。殺さなければ、ボクが殺されていたというのに、なぜあんなに悲しむのか。理解できない。

だが殺したはずのテレビ男は知らない男に変わり、マキはそれを「お父さん」だと言って泣いた。

ボクは、マキの父を殺したのか？

「にぃに？」

だが目の前にいるマキは、ボクを責めるようなようすは一切ない。敵意のようなものもまるでなかった。

なにもなかったような、いつもと同じ、大きく丸い瞳。純粋なまなざしでボクを見ている。一方で、ボクをこの島に引き戻したのもまたマキだ。

「なんでお前は、ボクをまたここに――」

そこまで言いかけてふと気づいた。もしも、あのままマキがボクをこっちに連れてこなかったらどうなっていたのだろう。

あのとき、呼吸もままならないくらいに苦しく、抗《あらが》えない眩暈《めまい》に倒れ込んだ。あり得ない話だが、もしもあのまま放っておかれたらボクは……。

まさか。あの程度で死に至ることなどあるものか。心臓発作とかならまだしも――。

「心臓発作……？　もしかして、君はボクを救ってくれたのか」

マキはボクが言っているのがわかっているのかいないのか、ただはにかみながら首を傾《かし》げている。

ボクはそれ以上、マキに問うのをやめた。

この島に戻ってきてしまった以上、理由がどうであれあまり意味を為さない。ならば前向きに捉えるほうが、精神衛生上楽に決まっている。

いや、それは建前だ。本当はマキを信じたかった。それが本心だった。

「毎回毎回殺されて、今さらボクになにができるかわからないけど……。でも、ボクがこの島に来てしまう不思議な力がある以上、ボクにしかできないなにかがあるんだろう？」

マキは笑ったままだ。この島において、深くを考えないというのは危険なことだ。

でも、やはりボクはマキを救わねばならない。これだけはきっと確かなのだ。

それにボクは、一度マキに命を救われている。ここでなにもしないのは許されない気がした。

なにも言わずにマキの手を引いた。ボクは、前に進むことにした。

5

「溝口」という男に行きついたのは、図書館のおかげだった。

三十二年前に起こった『六少年少女失踪事件』で鍵を握る男。今は都内でひっそり暮らしているそうだ。

「もう町からいなくなってずいぶん経つよ。でもねえ、たまあにふらっと戻ってくることがあるんだ。墓参りかと思ったらそうでもないみたいでねえ」

記事から「溝口」という名前を見つけてから、私は昼に立ち寄った喫茶店に再び訪れ彼について聞いた。すると年配の店主がそう話したのだった。

「一番最近きたのはいつ？」

「そうさねえ、いつだったかねえ。確か……四、五年前かね。懐かしい顔に声をかけたんさ。するとえらくよそよそしくて。小さい頃はかわいい子だったのにねえ」

溝口はそのとき、今は東京に暮らしていると話したという。

そこから溝口の居所を捜すのはことだった。どこに住んでいようが特定するのは困難だったろうが、これが東京となるとさらに難度は増す。

仕方なく多少の出費を覚悟し、興信所に依頼することにした。

そうして戦艦島近くの港町を訪れてから数週間かかったが、なんとか溝口の住所を突き止めることができたのだ。

溝口の家は、拍子抜けするほど普通のマンションだった。ひとり暮らし用のワンルームマンション。見るからに築年数は古そうだが、この辺りでは珍しいものではない。

その証拠に両隣も、そのまた隣の建物も古さでいえばどんぐりの背比べのようなものだ。

ただ、ひとつ他と違うところといえばエレベーターがないことだろうか。五階建てなので私くらいの年代ならばそれほど体力を使うこともないが、高齢者ならば大変だろうと想像した。

リタは「進展があれば呼んでください」と言ったが、連れてこなかった。

エレベーターのないマンションの四階に溝口の部屋はあった。

ドア横のインターホンは押しても反応がなく、故障しているようで、仕方なくドアをノックする。

表札プレートには溝口とあるので部屋は間違いないはずだが、いくらノックしてみても中から返事はない。

――ツイてないな。留守か。

溜《た》め息を吐き、急ぐことでもないかと所在無くドアを見上げた。

するとパコパコとスリッパの底を鳴らす音が近づいてくる。その方向を見ると上下スウエット姿で白髪の混じった髪をぼさぼさにした顔色の悪い男が歩いていた。手にはコンビニ袋を提げている。

男は最初、私に気づかなかったようだが顔を上げると目が合った。

「……あー、もしかしてその部屋のやつに用事？」

「そうです。ですが留守のようで。どこにいらっしゃるかご存じですか」

「さあ。いつもいないからねえ」

「何時ごろなら帰っているか、わかりますか」

「さあ。いつもいないからねえ」

そうですか、と私が答える前に男は踵《きびす》を返し、背を向けた。

「階数間違えたよ。下だった」

——階数を間違えた？

そんなのはおかしい。おかしいのは階数を間違えたということではなく、階数が違うのになぜ溝口の生活時間を知っているのか、ということだ。

「もしかして、溝口さんですか」

私がその背中にそう投げかけた瞬間、男は突然駆け出した。

——間違いない。あいつが溝口だ！

「待て！　なんで逃げる！」

溝口は答えず、全力で通路を走り、階段を駆け下りていく。

知らない人間が訪ねてきて、一目散で逃げるなど、まともな生活をしていない証拠だ。きっとやましいことが山ほどあるに違いない。

私には溝口のそんな事情など知ったことではない。しかし、今はそうも言ってられない、彼に逃げられてはこれからずっと警戒されてしまう。

そういえば、興信所の探偵が「色々とギリギリの生活をしているみたいですね。やばいところからも目をつけられている。宮部《みやべ》さんには関係ないでしょうけど」と言っていた。

探偵の言う通り、溝口の生活状況など私には微塵《みじん》も関係のない話だ。

だが少なくとも目の前で私から逃げようとする溝口を立ち止まらせるには、そうも言ってられない。

「おい！　借金してるんだろう？　いくらだ！」

「うるさい！　金なんてないんだから帰れ！」

ああ、なんということだ。よりにもよって、私のことを借金取りと勘違いしているらしい。だが家の中で居留守を決め込まれることを考えれば、通路で鉢合わせしたのは不幸中の幸いかもしれない。

「私は借金取りじゃないぞ！　戦艦島の件で話を聞きにきたんだ！」

「戦艦島？　知らない！　なにを言っても無駄だ、俺は捕まらないからな！」

溜め息が出る。それでなくとも走るのは苦手なのだ。これ以上は勘弁してほしい。

「嘘じゃない！　五万だ。五万やるから止まれ！」

「はあ？　なんで借金取りが金くれるんだよ！」

「『六少年少女失踪事件』！」

溝口の肩がぴくん、と揺れた。道路の手前で立ち止まると、恐るおそる……といったようすで振り返る。

「なんでそれを」

「悪いようにしないし、私は借金取りじゃない。信じ……はあ、はあ」

息が上がってまともに喋《しゃべ》れない。だから走るのは厭《いや》なのだ。もっとも、走ったというより階段を駆け下りただけだが。

少なくとも今、再び溝口が走り去ればもう追いかけることはできない。体力的に限界だ。

半ば祈るような気分で、私は溝口を見つめた。

溝口は少しの間、私のようすを窺うと、やがて空を仰いで大きく息を吐いた。

「わかった。信じてやろう。とりあえず飯、奢れよ」

そこから溝口は、マンションの裏手にある入り組んだ路地を行った。

雑然としたそこには古く、小さな店が軒を連ねており、しっかりと生活の息吹を感じさせている。臭いも空気も劣悪だが、ここはここでないと困る人間が相応に存在するのだろう。

溝口について歩くうちに私も呼吸が戻った。噴き出した汗が風にあたると冷え、肌寒さえ感じる。

溝口はいくつかある店の中から中華料理店に入った。店内にはいると、ニンニクと油の混じったいい匂いがする。

床はすべりやすく、気をつけていないとすぐに転んでしまいそうだった。テーブルはふたつしかなく、いずれもふたりしか座れない。あとはカウンターのみで、赤い塗料がところどころ褪《あ》せていた。

店内の汚さから、第一印象のいい香りが違った意味に思えてくる。

そんな私の気持ちを知ってか知らずか、溝口は空いているテーブルにどっかと座ると勝手に瓶ビールを注文した。

「グラスふたつね」

「いや、私は……」

「つき合わないなら喋らないぞ」

そう言われては黙るしかなく、私は大人しくビールがくるのを待った。

運ばれてきた瓶ビールを手に取ると、溝口は自分のぶんと私のぶんをグラスに注ぐ。それを口につけながら、店の外を見た。

――おそらく、いざというときに私を撒《ま》くためここを選んだんだな。

入り組んだ路地で土地鑑があれば、私ひとりを残して姿をくらますくらいは造作もないことだろう。私を信じているというのも半分は方便だということだ。

「喋ったら、金くれるんだよな」

「ああ。二言はない」

「十万だよな」

「バカ言うな。五万と言った」

「十万って聞こえたんだけどなぁ。八万だっけ」

「……七万の聞き間違えじゃないのか」

私がそう言うと溝口は満足そうにグラスのビールを飲み干した。交渉成立、ということだろう。探偵から聞いた通りの人間らしい。

「それで？　なにが訊きたい。どうせ、親父のことだろう」

そうだ。目の前に座る溝口誠《まこと》は、『六少年少女失踪事件』に深くかかわる溝口清司《きよし》のひとり息子である。

「言っておくが、親父のことは知らない。どこに行ったのかも、なにをやってるのかも、生きているか死んでいるかも知らない。なにしろ突然、どろん。だからな」

誠は、そんな話は何万回と喋ったがな、と付け加えた。

「そうだと思うが、残念ながら当時は私も幼くてね。事件そのものは知っていても、リアルタイムでのことは知らないんだ」

「リアルタイム？　事件を知ってるならわかるだろう。リアルタイムとかそんなものは関係ないんだよ。俺がなんであの町を離れてこんな臭いところに住んでいるのかわかるか？　あそこに住んでたらいやがらせを受けるし、マスコミや怪しい肩書の奴も来るしで。マトモに生活できないからだよ。そのせいでおふくろは体を壊して死んだ。俺は殺されてたまるかっつって奴らから離れるために東京に移ったんだ」

「君の父親が『六少年少女失踪事件』の首謀者だと目されているから？」

「そうさ。どうせ、あんただってそう思ってきたんだろ？　ホラー作家なんざ、怪しい連中の代表みたいなもんだろ」

そう言って、誠はビールがくる前に渡していた私の名刺を指ではじいた。

「ホラー作家が怪しい、というのは反論しないがね。だが私は君の父親である清司氏が首謀者だとは思っていない。関与はしていると思っているが」

「首謀者でも関与でも意味は同じだろう。結局あんたらはこう言いたいんだ。『お前の父親が六人の子供を殺して隠したんだろう？』って」

空になったグラスにビールを注ぎながら誠は笑った。だが目元だけは寂しそうに乾いていた。

「そうじゃない。……告白しよう。私の親しい者があの事件にかかわっていてね。それで手がかりを探している」

「手がかり？　……って、もしかしてあんた、その親しい奴って失踪した子供のひとりかなんかか」

そうしておいたほうがスムーズに話が進むと思い、私は無言のままうなずいてやった。誠は、私が被害者の親類だと思い、一種の共感を得たのだろう。明らかに表情が綻ぶのがわかった。

「そうか、あのときも散々親父が犯人だって叩《たた》かれたけどよ……、いなくなった連中の家族はみんな口を揃《そろ》えて『溝口先生は絶対にそんなことをする人じゃない』って言ってくれたんだよな。マスコミの連中は誰もそのことを報道しようとしなかったけど」

溝口清司は、港町で小学校の教員だった。

失踪した六人の子供たちはみんな彼の教え子でもあったのだ。そのため、かかわり合いが深い。だが、当時の報道はこぞって溝口清司を犯人に仕立てあげようとストーリーを作り上げた。

なぜなら、『六少年少女失踪事件』の発生と同時に溝口自身も行方がわからなくなったからだ。

容疑をさらに深めるように、溝口の所有していたボートがなくなっていたことも報道を過熱させた要因のひとつとなった。

失踪した子供たちの教師。消えたボート。

重なり合ったいくつもの要素が、世論をたちまち『溝口犯人説』へ導いたのだ。

「あのときは本当にひどかった。俺も小学生だったんだ。でも学校になんていける状況じゃなくてな」

「どのくらい続いたんだ」

「そうだな……ずっとだ。ずっと続いたさ。それこそ一年も二年も。俺が中学に上がる頃にはさすがに落ち着いたけど、それでも年に数回、忘れた頃にくるんだぜ。こっちだって被害者だ。一家の大黒柱が急にいなくなったんだからダメージはでかい。おふくろも俺も、親父は犯人なんかじゃないって信じてたけどな。それも限界があった」

やがて、誠の母親は体調を崩し、病を併発させた。

「おふくろが逝くまでは早かったぜ。まるで親父が死んだとわかってるみたいにな」

記録では、現在まで溝口清司の生死は確認されていない。記録上、行方不明者の扱いのままだ。死亡届は出ていない。

「たとえば……清司は失踪する前、『小林純兵』の名前を口にしたことは?」

「小林？　知らないな。聞いた事ない」

そうか、と溜め息を吐く私に誠は「あ、でも」と付け足した。

「その名前には聞き覚えはないが、やけにひとりの子供のことは気にしていたな」

「ひとりの子供？」

「そうだ。確か……『マキ』。マキって言ってた」

胃が浮き上がる感覚に肩が強張る――間違いない、『マキ』は確かにあの町にいたのだ。

「ほら、あの島が上陸禁止になる前ってあそこに住む子供たちが学校に毎日船で通ってたろ。あのときに学校で教えていたのが親父だ。そして、そのマキっていうのは島から通っていた生徒の妹だったらしい」

「妹？」

「そうだ。ああ、そういえば思い出した……。あんたにいいこと教えてやるよ」

そう言うと誠は厨房にいる店主に餃子を追加注文し、前のめりになって私に寄った。

「あの事件で、行方がわからなくなっているのは親父と、六人の子供だけじゃないって知ってるか？」

「子供と清司以外の失踪者？」

「そうさ。知らないだろ？　あの事件は、『港町で起こった』から有名になったんだ。でも港町じゃないところで行方がわからなくなっている一家がいる」

慄然とした私は閉口する。

誠がなにを言おうとしているのか、聞いてはいけない気がする。根拠のない、直感だったがその理由なき感覚に身体が強張った。

「一家……だと?」

「ああ。あんたも知っていると思うが、後年の戦艦島は真白洗浄興の聖地だった。住む人間が激減した代わりに真っ白い服を着た異様な奴らが入れ替わるようにあの島に渡った。あの島が閉鎖された本当の理由はな、世間では公表されてない」

私とリタが港町の図書館で調べていたことがまさにこの「戦艦島は真白洗浄興の聖地だった」という事実についてだ。誠の言う通り、国による閉鎖の決定から代執行に至るまでの七年間は、戦艦島には多くの真白洗浄興信者が移り住んだ。

それというのも当時の政界の要人に、島に縁のある人間がいたらしい。その人物は巨額の金を払い、戦艦島を買い取ったのだという。

どうやらこの人物の妻とその家族が洗浄興の熱心な信者だったらしく、当の政治家本人は洗浄興とは無関係を決め込んでいたらしいが、なにしろ例の「バラバラ洗骨事件」のあとである。自分の近親者が洗浄興の信者であることを隠蔽するために、かなり強引な力業に出たというわけだ。リタの語った陰謀論はあながち当たらずとも遠からずだったというわけだ。

さらにこれを受けて、洗浄興の教祖たる男が戦艦島そのものを『真白洗浄興の聖地』として制定し、事件により肩身が狭くなった信者たちはこの島に集まった。

つまり、島が閉鎖されるまでの七年間、戦艦島は事実上洗浄興のもの……さながら『真白洗浄興島』だったのだ。

『六少年少女失踪事件』は、この島が閉鎖されたあとに起こった。

「島を閉鎖することで信者を追い出し、真白洗浄興を解体しようとしたんだよ。三十二年前といえば洗浄興の教祖はすでに遺体損壊容疑で逮捕されていた。他の幹部どももみんなだ。実質の統率者が不在だった。だから洗浄興を潰すにはこのタイミングしかなかったわけだ」

「誰がそれを指揮したんだ」

「わかるだろ？　さっき話した政治家のお偉いさんさ。直接じゃないだろうがな、裏で糸を引いているのは見え見えだ。息子は無理でも、せめて女房を正気に戻したくて必死だったろうしな」

「それで……一家とは？」

肝心なところで頭の禿《は》げあがった店主が大皿の餃子を持ってきた。

誠はテーブルに皿が置かれるや否や、なにもつけずに餃子をふたつまとめて口に放り込んだ。

「熱っつ！　……まあ、おちつけよ」

※　※　※

ずんずんと坂を下る。行く道の先にはとんがった三角形の屋根が見えていた。

ボクはあそこを目指している。そこになにがあるのかはわからない。なぜ、ボクがそこを目指しているのか、その理由ですらも。

だが根拠のない確信だけがあった。ボクはあそこに行かねばならない。

マキの手を引き、足元に注意しながら坂を下る。建物に近づくにつれ、厭な予感が強くなっていく。これが俗にいう虫の知らせ、というやつだろうか。

そして、これまでの経験上、この勘は正しい。間違いなく厭ななにかが待っている。

厭ななにか……考えずとも明白だ。それはあのバケモノに違いない。

一体、連中は何体いるのだろう。ひとりは撃退したが、少なくともあとふたりいる。

だがそれ以上に危惧するのは、バケモノの数よりもバケモノが何者なのか、という点だろう。

マキの顔を見る。

変わりなくマキは笑っているが、あのテレビ男を父親だと言った。だとすれば、残るバケモノたちは――。

「にぃに、とんがりハウス」

マキが指を差したのは今まさに向かっている建物だ。

「とんがりハウス？」

「とんがりハウス、じゃないよ。あそこはねぇ、『しんぱくきょうかい』だよ」

「じゃないよ、って自分で言ったんじゃないか。しんぱくきょうかい？　……教会ってことかな？」

言われてみれば教会のような造りにも見えてくる。屋根に十字架がついてないので、ただ変わった建物だと思っていた。

「こっち、にぃに」

マキが突然、ボクの前に移動してくると指を差したまま手を引っ張った。予想外のマキの動きに多少の動揺をしつつ、彼女の走る速度に合わせた。

マキに誘《いざな》われ、教会に辿り着いたボクは感嘆の声を漏らした。

離れて見るより、間近での教会は巨大で荘厳だった。だが、それは異様さを孕《はら》んでもいた。なぜならば明らかにその建物は島の他のどの建物よりも真新しい。中も片づいていて、廃墟《はいきょ》というには無理がある清潔さがあった。

まるでついさっきまで人がここで暮らしていたような……そんな生活感だ。

この教会には、生活臭がある。いくつかある窓のガラスから中を覗き込んでみる。

窓もまた割れることもなければ、劣化しているようすもなく、澄み渡る湖の水面《みなも》のように透き通ったガラスだ。

背筋が粟立《あわだ》つ。これはひとつの証明だ。ここには、人がいる。

「にぃに、こっちだよ！　こっち！」

「お、おいマキ！　ちょっと待てって！」

マキはこれまでで初めて、積極的に動き回った。ボクはついていくのがやっとだ。少しでも気を抜くと、手が離れてしまいそうになる。

まるで教会の内部を知り尽くしているかのように、マキは玄関横の傘立ての壺《つぼ》に片手を入れると小さな鍵を取り出した。

そして、玄関の錠に差し込んだかと思うと、いとも簡単に開けてしまった。

「行こう、にぃに！」

「ダメだって、危ないから！」

ボクが止めたところでマキは止まらない。マキがボクの言うことを聞かなかったのは、はじめてだった。

「バケモノがいたらどうするんだよ！」

「バケモノ？　オバケ？　わからない」

ってしまう。


マキは玄関の扉を開けてしまった。引きずられるようにしてボクもマキとともに中に入
「ちょ、マキ！」

焦ってマキの名を呼ぶ。マキはようやくボクの言葉に立ち止まった。

「……なんなんだよ、ここ」

中に入るとさらに不気味さが増していた。

外の草木や土、海の匂いが混ざった特有の匂いとは違う。板を敷き詰めた床から立ち昇る木の香り、どこからか漂う紙の匂い……これはきっと本の匂いだ。

そして、それらに混じって存在感を主張するお香のような芳ばしい匂い。

異世界の島の中において、さらに異世界に迷い込んだような錯覚を押しつけてくる空間だった。

玄関から中に入るとすぐにずらり均等に並ぶ椅子の背もたれと、白い絨毯《じゅうたん》、それを通り道にして奥に大きな仏像があった。

「あ……あれは」

「にぃに、せんじょうさま！　せんじょうさまだよ！」

そう、団地で見つけてから、テレビ男の凶器になっていたあの像だ。それが中央に祀《まつ》られていた。

「仏像なのに教会って、変なところだな」

ボクは宗教には詳しくないが、仏教とキリスト教が非なるものであることくらいは知っている。そもそも教えが違い、崇《あが》める神様の種類も違うのだから、それが合体したようなこの施設がおかしいことくらいはわかった。

そしてそれは一定の気味悪さを感じさせる。

外観から見たこの教会は、この大きなホールの他にも居住空間のような部屋もあった。教会としてだけでなく、誰かが住んでいたことは間違いない。

頭上を見上げると、天井も高い。

広さといい、天井の高さといい、長くいればいるほどその異様さに心が取り込まれてしまいそうだ。

「にぃに、あっちだよ」

すると突然、マキがまたボクの手を引いた。その勢いに首が折られ、動きがガクつく。

「ほら、きて。こっちだよ」

「急に走るなって！　ちょ、こら！」

マキはまたボクの言うことを聞かずに自分のやりたいように進む。

ここでようやく、ボクは教会にきてからのマキのようすがおかしいことに気づいた。

「ほら、こっちこっち！　にぃに、こっち！」

「おい！　やめろって、急ぎ過ぎだ！　手が、手が離れる！」

ぶんぶんと繋いだ手を振り、まるでわざと引き離そうとしているようにしか思えない。

しきりに奥へ進もうとするようすも、急いでいるようにしか思えなかった。

「きて、きて、にぃに、こっち」

「ちょ……やめっ……あっ！」

足が絡まった。バランスを崩し、手が……。

——離れて、しまった。

「マキ！」

「にぃ……」

マキはボクの目の前で、透き通り、消えた。そこにいたのが嘘だと笑うように。

「マキ！　マキー！」

烈しく狼狽《うろた》えた。こんなはずではなかったのに、という言葉が頭の中をぐるぐると回る。

「嘘だ！　そんなの、嘘だぁあ！」

いない！　マキがいない！

ボクの脳裏にはふたつの思いがせめぎ合っている。

もうあんな死に方は厭だ！

マキを失うなんて厭だ！

恐怖とマキを案ずる心がぶつかりあい、心がまとまらない。

「うっぷ、おえぇ……！」

心の不安定さから吐き気を催し、その場に胃の中のものをぶちまけた。……が、口から出たのは透明な胃液だけだ。

「がはっ、ごほっ！」

嘔吐《おうと》するよりもむしろこっちのほうが苦しい、えづいてはなにもでず、苦しさから咳《せき》を繰り返し、息苦しい。

まさか、こんなところでひとりになってしまうとは。心細さと恐怖で押し潰される。

「くそ……！」

ボクは顔を上げた。滲む視界を拭い、改めて周りを見回す。

ひとりになったからといって止まってられない。前回のように、勝手に絶望してあんな怖ろしい死に方などするものか。

ボクは助かる。この島から、マキと逃げ出すのだ。

マキが消えたからといって、島からいなくなったわけではない。きっとマキはこの島のどこかにいるはずだ。

そうでないと、そもそもこの島にボクが飛ばされる意義がない。

「意義……？」

待て。

『意義』とはなんだ。ボクがこの島にこうして存在することに、なにか意義があるのか？

いや、前もあるはずだと思っていた。だが、そのときに思ったこととは少し違うような気がする。意義……というより、使命なのか。

――もしも使命だとするなら、マキが消えたのはそれも意味があるんじゃないか。

マキのようすはおかしかった。まるで、自分から手を離したような印象さえある。ボクはそれを自分の非であると自分を責めることばかり考えたがそうではないとしたら。

マキが自分から望んで、ボクの前から消えたということは……。

せんじょう様の像に近寄り、見上げる。穏やかな顔をしたせんじょう様は、我が子を慈しむかのごとく、愛《いと》おしそうに骨を抱いている。

それを見ながら、自分自身に落ち着け、冷静になれ、と言い聞かせる。ボクが今すべきことはここで取り乱すことではない。

……マキを、救うことだ。

「……よし」

肚《はら》を決めるとボクは改めて教会内を観察する。

特に異変はなかったが、仏像の奥の隅にドアがあるのが目に入った。きっと、あそこから生活スペースに移動できるはずだ。

ドアまで行き、ノブを回すとあっけなく開いた。

開いた先には廊下が伸びている。右側は窓、左にはいくつか部屋があるのが見えた。

咄嗟《とっさ》に振り返り、教会内をざっと見渡す。目に留まったソレに近づき、手に取った。

ボクの身長ほどある、銅の蠟燭《ろうそく》立てだ。武器としては些《いささ》か頼りないが、ないよりはマシだ。

蠟燭立てを両手で握り、構えながらボクはゆっくりと廊下に侵入する。

マキがいなくなってしまったことは心細いが、その分自由が利く。彼女がいたことでできなかったこともできるようになった。これがせめてもの救いだ。

せめて、テレビ男を殺したときの鉄芯があればもう少し気構えは違ったのだろうが。

奥へ進み、左手にある最初の部屋。ドアは押し戸だ。

ノブを回し、押してやると半自動的にドアは全開になった。ここは、キッチン兼ダイニングだろうか。ガスコンロの口がみっつ並んだ調理場、長方形の簡易テーブルがパイプ椅子に囲まれている。

顔を覗き込ませ、内部を見渡すがなにもおかしなところはなさそうだ。調べついでに包丁でもないかと探してみたが、見つからなかった。

仕方なく次の部屋を訪ねる。隣の部屋はなにもない……本当になにもない部屋だ。

ただだだっ広いだけの、なにも置かれていない空間。床にはマットが敷かれており一見すれば柔道の道場のようにも思える。ボクは直感的にここが修行場だと思った。ここで、信者たちはさまざまな修行や、祈禱《きとう》などを行っていたのではないだろうか。

なんにせよこの部屋にもマキや、人が隠れられるようなスペースはない。

さらに進み、次の部屋に入ってみるがどういう用途の部屋なのかわからなかった。本棚やテーブルがあるので、レクリエーションのための部屋だったのかもしれない。念のため、人が隠れられそうな場所を覗いてみるがなにもなかった。部屋を出てさらに奥に行くと、トイレがある。家庭のトイレ、というよりかは公共施設のトイレという印象を覚える。みっつの個室があるのは家庭では考えられないからだ。

そして、廊下の突き当りには二階へ上がる階段があった。

二階も同じような造りで、廊下があり部屋がみっつある。ただ、違ったのは下の階とは違い、ここにある部屋はすべて個人の部屋のようだった。

手前から子供部屋、リビングを思わせるテレビやオブジェ、ソファの置かれた部屋。一般的な家庭としては過ぎた広さだが、それを除いては家そのもの。

どちらも生活臭の余韻が残り、誰かが息を潜めていそうな雰囲気が醸し出されていたが、人影は認められなかった。

誰もいないことを確認するたびに、安堵《あんど》と期待外れとがないまぜになった溜め息を吐く。

二階の一番奥、つまり最後の部屋は寝室だった。

ダブルベッドに枕がふたつ……どうやら、夫婦の寝室で子供は一緒に寝ていないと思われた。

「う……うう……」

ここが最後の部屋だと、心の片隅でボクはわずかながらの油断があったのかもしれない。

その掠《かす》れた声に足が止まる。心臓の音を確かめるかのように、息さえ吸わずに耳をそばだてた。

「うう……うぇえ……」

その掠れた声は、すすり泣きに聞こえる。

一体、どこから聞こえるのだろうか。確かなのは、この部屋のどこかからだということだけだ。

喉が鳴る。ドアを開けて入っている以上、声の主がボクに気づいていないなんていうことはあり得ない。自分の喉が音を立てたことよりも、どこから襲ってくるかわからない不安のほうがはるかに強い。

「んっ、うう……」

声を聴き続けていると、あることに気づいた。もしかして、自分の声を抑えようとしているのではないだろうか。必死で声を押し殺そうとしているのに、漏れ出てしまう声を無理矢理手で口を塞ぐなりして抑えつけている。

そんな印象を覚えた。

ボクは勇気を出し、自ら動くことにした。

思えば、この島にいるのはバケモノばかりではない。マキもいるはずだし、ユキトたち生きている仲間もいる。ここに生存者が残っていたとしてもおかしくないではないか。

「んん……う、うう」

蠟燭立てを構えて集中しながら声の方角を探りに、足音を立てないよう歩く。

そして、ベッドと洋タンスの人ひとり分ほどの隙間を覗き込んだところに、それはいた。

白いワンピースに身を包み、こちらに背を向けて丸まっている人影。

小刻みに震えている肩は、恐怖に縮み上がる心情をありありと表している。

そして、ボクはなによりもその姿に深い親しみがあった。

「マキ！」

びくんっ、と肩が跳ねる。

驚いたように振り返ったその顔。瞼《まぶた》は腫れ、泣いて赤くなった目。涙で顔をぐしゃぐしゃにし、恐怖と不安で歪《ゆが》んでいる。

彼女のそんな顔をボクは見たことがなかった。だが、それは間違いなくマキだ。マキ本人に間違いなかった。

「よかった……！　マキ、ボクだ！　純兵だよ！」

「にぃに？」

「そうだ、にぃにだ！　助けに……マキを迎えにきたんだ」

マキの顔がみるみるうちに赤みを取り戻していくのがわかった。歪んでいた顔は、さらにくしゃりと歪み、生まれたての赤ん坊のようだった。

「にぃにーーー！　怖かったよ！　純兵、怖かったよぉー！」

マキが勢いよくボクに飛び込み、その勢いのまま後ろに倒れ込んだ。

幸い、背にベッドがあり心地よい反発で跳ねながらマキの頭を抱く。倒れ込んだ拍子に被っていた帽子が脱げたが、気にしなかった。

それよりもマキがボクの名前を呼んでくれたことが無性にうれしい。やっぱり思った通りだった。マキは、ボクに見つけてほしくて自ら消えたのだ。そうに違いない。

「ボクもマキが急にいなくなって、寂しかった。すっごく怖かったし不安だった。でももう大丈夫、マキはボクが守る」

「うわああん！」

ボクの胸で泣きじゃくるマキは、これまで息を止めた世界やこの島で手を繋いでいたマキとは違い、実体がある実感があった。

ここにいるマキこそが本物のマキ。マキ本体なのだという実感。

それだけにボクは至福を味わった。ようやく、ボクがこの島に召喚されつづけた理由がわかった。マキを、本当のマキを救い出すのがボクの使命だったのだ！

「行こう、マキ。島から出るんだ」

「島から？　みんな、一緒？」

みんなとは、きっとユキトたちのことを言っているのだろう。すっかり夜になってしまったが、今からでも間に合うだろうか。

「ああ、一緒だ。だから電波塔へ急ごう」

「わかった！　純兵、行くよ」

マキの返事を聞くと、ボクは彼女の手を握った。これまでよりも温かい、人間の体温が伝わってくる。ボクは、彼女と一緒にこの島を出るのだ。

6

今までと違うこと。それは本当のマキは、手を離しても消えないことだ。それはボクを勇気づけた。

なぜなら、これまではどんなときでも片時も離れず行動しなければならなかったが、ひとまず物陰に隠れさせてからボクだけようすを見に行ったり、もしバケモノに出会ったときでも両手が使える。

様々な協力が可能になったのが大きい。

それは早速、教会内でも発揮された。階段で一旦隠れさせ、一階の安全を確認してから一緒に歩く。

教会のホールでも同じようにようすを見た。せんじょう様の像、並んだ椅子、白い絨毯。どれもがさっき見た光景と同じ。違うのは蠟燭立てが一本少なくなっていて、そしてそれを今ボクが持っているということだ。

ギィ、と必要以上にドアの軋《きし》む音がホールに反響する。高い天井に吸い込まれるかと思ったが、思った以上に音が響くようだ。

天井の天窓から月の光が漏れていた。暗い中でもホールがよく見えたのはそのせいかもしれない。

「大丈夫だ、マキ。行こう」

ドアの外で待たせておいたマキを呼び寄せたときだった。

ギコ……ギコ……

「待て、マキ！」

咄嗟にマキを止める。ホールの玄関からゆっくりとシルエットが侵入してくる。確認するまでもない。この音、あのシルエットは自転車少女だ。

目玉を抉《えぐ》られたときの記憶が瞬時によみがえる。それを振り払うように頭《かぶり》を振ると、蠟燭立てを構えた。

「まだくるなマキ！　いいな！」

向こうのようすなど構っていられない。ボクは、自転車少女がボクの姿を認める前に仕留めてしまおうと全力で少女めがけて突進した。

ごちん、と鈍い音がし、手のひらに固いものがぶつかる衝撃が伝わる。

短い悲鳴をあげ、自転車ごと少女が横に倒れた。

「このっ！　死ね、死ね！」

倒れた少女の頭部を蠟燭立てで殴打する。何度も何度も、執拗《しつよう》に叩いた。

殴打するたび、自転車少女の身体がびくん、と痙攣《けいれん》する。

すでに動かなくなっているのは気づいていたが、それでもボクは叩きつづけた。

ごつん、という音はもうねちゃりという音に変わっていたが、構わずに蠟燭立てを振り下ろしつづける。

ボクは怖かった。叩くのをやめた途端、起き上がって襲いかかってくるんじゃないかと思うと震えあがるほどに怖ろしかった。

自転車少女はボクに最も恐ろしいトラウマを植えつけた存在だ。もしもこれが起き上がり、また目玉を……脳みそをほじくられたらと思うと正気ではいられなかたのだ。

自転車少女の潰れた頭は暗いホールではあまり鮮明ではなかったのも救いだった。明るいところでグロテスクな姿を見ればボクは怯《ひる》んでいただろう。

少女の手からフォークとスプーンが転がる。ようやく、ボクは少女の死を確信することができ、マキを呼んだ。

「マキ、もういいよ」

呼びかけるとドアの隙間からこちらのようすを見ていたマキが恐るおそる歩み寄ってきた。ボクは笑いかけ、手を差し伸べる。

「にぃ……きゃあああ！」

突然、マキが夜をつんざくような絶叫を上げ、わき目もふらず玄関の隙間から出ていってしまった。

「ど、どうしたんだマキ！　ひとりで行っちゃ危ないって！」

マキを追いかけ、外に出たときにボクは彼女が逃げた理由に気がついた。

「あ……」

ボクの手は、自転車少女を殴り殺した返り血で真っ赤に塗《まみ》れていたのだ。

しまった。

そう思ったが、もう遅かった。マキは瞬《また》く間に後ろ姿を小さくしていく。

「マキ、行かないで！　だめだよひとりじゃ！　ボクは怖くない、怖くないから！」

ボクはボクで必死で叫びながら追いかける。子供といえど全力で走れば追いつくのは難しい。平坦な道で直線ならば容易だろうが、ここは山道。背丈よりも高い草木や穂がマキの姿を隠してしまう。

「マキ！　マキーー！」

必死の訴えかけも虚《むな》しく、マキの姿を完全に見失ってしまう。

なんということだ。せっかく本物のマキに出会えたというのに。ようやく救えるチャンスを摑んだというのに。ボクの怖気《おぞけ》のせいで彼女を怖がらせてしまった。

きっと彼女の目から見たボクは、白衣のバケモノたちと変わらなかったに違いない。

ボクはバカだ。大バカだ！

必死で捜そうにもどっちに行ったのかもわからない。完全にお手上げ状態だった。

「くそっ！　なんで、なんでこんな！」

ふと顔を上げると電波塔が遠くに見えた。

そうだ、電波塔だ。あそこにさえ行けば……。

それでも「或いは」ほどの可能性しかない。でも、マキにはさっき「電波塔へ行こう」と言ったはずだった。彼女も彼女でどこへ行けばいいのかわかっていないはず。ボクと同じくあの電波塔が目に入ったのならば、充分あそこを目指すのは考えられる。なにしろ選択肢がないのだから。

ボクは走った。足が千切れるくらいに。

遠くに見えた電波塔がどんどんと近づいてくる。幸い一本道が続いていて、そこをひたすら行けば辿り着けそうだ。

心配になるのはやはりマキの身だ。彼女もこの道を行ってくれていれば心配はなさそうだが、果たしてそうだろうか。ここと全く違うあぜ道を行っていないだろうか。崖に落ちていないか、野犬に襲われていないか。あのバケモノには襲われていないか……。

少なくとも白衣のバケモノはあと一体いる。カマキリ女だ。

怖い。鉢合わせすることよりも、マキが、ボクのいないところでアレに出会ってしまうことが。

とにかく急いで電波塔だ。

「……っ!」

急ぐボクの目の前に人の足が見えた。転がった靴とそばに靴の脱げた足。うつ伏せに倒れているようだ。

マキは裸足にサンダルのような靴だったはず。少なくともマキではない。

「もしかしてユキト……?」

厭な予感がした。ここで立ち止まっている余裕はないが、倒れている人の姿を確認しないわけにはいかない。もしもユキトだったとすれば、誰が電波塔に集まるのか。まったくわからない。

荒れる呼吸を鎮めながら、うつ伏せの人影に近づく。

顔を見るまでもなく、そばまで近寄った時点でユキトではないことはわかった。体が大きかったからだ。すなわち大人。

そして、ボクはこの島で見た大人で唯一心当たりのある人物がいる。

「溝口……先生……」

確かめる必要はなかった。頭は半分削られたようになくなっており、だらりと雲丹《うに》のような脳みそが地面に垂れている。

顔を正面から見る勇気はボクにはなかった。

だらしなく投げだされた手のそばでふと光るなにかが目に入った。

近づいて見ると、キーだ。皮のキーホルダーが付いている。

なんのキーなのかはわからなかったが、持っていて損はないもののはずだ。とりあえず拾い上げ、ポケットにしまい込んだ。しゃがみこんだところから、改めて溝口の死体を眺める。

きっとのこぎり鎌で襲われて頭を削《そ》がれたのだ。そして、それを持つ襲撃者は……。

脱兎《だっと》のごとく溝口先生の死体から離れ、電波塔を目指す。

吐いている時間も、恐怖に悲鳴を上げている時間も、ボクにはなかった。

マキ。マキの無事だけがボクの生命線だった。

「マキ……マキ……！」

頭をばっくりと割られたマキの姿を思い浮かべそうになるのを必死で振り払いながら、ボクは叫びながら山道を行く。

襲うのならボクを襲えばいい。ボクはここにいるぞ。ボクはここだ！

「うおおおおお！」

辿り着くまでの道のりで何度転び、木にぶつかっただろうか。

電波塔を足元から見上げる頃には、ボクの体は傷だらけだった。そして、マキの姿はない。

「くそ……くそお！」

正直、ここまできてマキがいないとなれば万策尽きたのと同じだ。

彼女がどこにいるのか、全く想像も予測もつかない。そしてもう時間もないのだ。

とにかく電波塔の下で待つほか、ボクに残された術《すべ》はない。絶望に心を半分持って行かれながらも、気力を振り絞って真下まで辿り着いた。

四つの脚を囲んだフェンス。それに……

ふたつの死体が転がっていた。

ひとつはボクが殺したテレビ男……。いや、もはやテレビ男ではなく白衣の中年男性。

それにもうひとつはジャージ姿の子供。背格好からおそらく小学生くらいだろうか。テレビ男に殺されたのだろうか。しかし、テレビ男は確かにボクが殺したはずだ。いや、もしかして完全に殺し切っておらず、あのあとで起き上がったのかもしれない。そこに運悪くこの少年が――。

「だとしたら、ボクのせいじゃないか！」

唇を強く噛《か》み、血が滲む。痛さなど感じないほど自分の不甲斐《ふがい》なさを呪い、憎んだ。見知らぬ少年は、ユキトの仲間だろう。ということはボクの仲間であるのと同じ。また救えた命をみすみす見殺しにしてしまった。

あれだけ自分自身に見得を切っておきながら、マキすらも見失ってしまっている。一体、どこまで情けない男なのかと涙が零れそうになった。だがこんなところで泣いてなどいられない。ボクはまだ、マキを諦めてなどいないからだ。

「マキを……。マキを捜さないと」

ここで待っているのが一番いいような気もするが、じっとしていられなかった。それに、もしもマキがここを目指しているとするならば、辿り着いた時点で誰かがやってくるのを待っているかもしれない。

とにかく、今この瞬間にも危険な目に遭っているかもしれない。そう思うといてもたってもいられなかった。

——でも、どこにいるんだ。

マキは、ボクより先に走り去った。となれば、もしかするとボクより先にここに来た可能性がある。いくら子供とボクとの速度差があるからといって、溝口の死体を見つけたときのタイムロスは見過ごせない。今、ここに向かっているならばボクはきた道のほうを戻りながらマキを捜せばいい。

だがすでにここへきて、死体を見つけた挙句に立ち去っていたとしたら?

——そうだ。マキはこの男の人のことをお父さんと言っていた。もしあれが本当で、ここに転がっている死体を見たとしたら——。

動転してここから立ち去ったことも充分考えられる。

どっちだ。どっちなんだ。

祈るような気持ちでなにか手がかりはないか探す。ボクよりも先にここへ来ていたとしたら、なんらかの痕跡はあるはずだ。

焦る気持ちを抑えつつ、注意深く周りを調べる。

「……ん、これは」

足跡だ。大きさからして大人のものではない。だがそれがマキのものかという自信はなかった。ここで死んでいるジャージの少年のものかもしれないからだ。

少年の靴を脱がして、合わせてみる。合うことは合うが、どうなのだろう。顔を上げて、足跡が続いている先を見た。少し考えたが、迷う時間があるのならひとまず行ってみたほうがいい、とボクは足跡を辿った。

足跡はすぐに途切れた。が、そこから伸びているのは一本道だ。ここを行ったか、来たかのどちらかだろう。幸い、そこまで遠くまで続いていないようだ。ある程度先が見渡せる場所まで行ってから戻るかどうか判断しよう。

そう思い、ボクは道が途切れているところまで行ってみることにした。

一本道とは言え、山の道だ。舗装されているわけではなく、人が通った道を避けて草木が生えているだけのものだ。

緩やかに下り、そして緩やかに上る。やや急ぎ足で少し斜面を上がったところで見えたものは、ボクが予想だにしていなかった光景だった。

「海……？」

縄と木の棒で作られた梯子《はしご》がかかり、いくつかの岩場を中継し、下まで下りている。

眼下に見えるのは、ぽっかりと切り抜かれたような入江。さらにボートが一艘《いっそう》見える。

「そうか。ここからユキトたちは島に上陸したんだ」

見るからに、知る人ぞ知る……といったようすの場所だった。誰でも知っているような場所でないことだけはわかる。梯子があるので知っている人間が取り付けたのだろうが、知らない人間からすれば驚くような場所だ。

「……行くしかない、よな」

どのくらい高さがあるだろうか。上からだと目測がつかないが最低でも十メートルはありそうだ。落ちたらただでは済まないだろう。

それに不安定な縄の梯子など、触るのさえ初めてだ。足を一歩かけるだけで自分がどれだけ震えているのかがわかった。

バケモノに殺される以上の恐怖などないと思っていたはずだったボクだが、殺されなくとも死が恐ろしいことに変わりはない。

気力だけで踏ん張り、一歩ずつ下へと降りていく。暗い上に不安定だから、一歩降りるのが極端に遅い。もしも今、上からカマキリ女が現れればひとたまりもない。縄を切られて為す術《すべ》もなく即死だ。

ひとつめの岩場に降り立った。心配していたがカマキリ女に強襲されることはなかった。

そのあともゆっくりりながら降りて行き、ふたつめの岩場から降りる頃にはある程度慣れてさえいた。それでも入江に降り立ったときには手はすっかり痺《しび》れ、全身に痛みが走っていた。

「これでユキトたちは上陸したのか……」

確かにボートはあった。しかし、小さなハンドルとレバーがついた簡素なものだ。遠くへ行けるような船ではない。

ボートを前にボクに疑問が浮かぶ。こんなボートで来れるほど、本土まで近い距離なのだろうか。

まじまじと見れば見るほど、頼りないボートだった。子供数人と大人ひとりなら確かに乗れそうだが、夜になり暗くなればこのボートで海を渡るのは危険だ。そして、充分に今、危険な暗さに陽《ひ》は沈んでいる。

「マキ、いるのか」

ボクの呼びかけに反応するように、すぐそばから砂利を踏む音が聞こえた。反射的に振り返り、マキの姿を探す。

しかし、ただでさえ暗い隠れ入江だ。誰かがいたとしてもその姿を認めるのは至難の業だった。

ボートに役に立つものはないかと、乗り込み調べてみる。夜を照らす灯《あか》りはすぐに見つかった。ボートのライトだ。だがこれ単体では光らないらしい。

手で触ってみてどうにかならないかとあちこち調べるがどうしようもない。おそらく、エンジンをかければ電力が供給される仕組みなのだろう。どこがエンジンかわからないが、おそらくキーを回せばセルがまわるだろう――。

「ん、そういえばこれって溝口先生のボートなんだっけ」

そこでボクは思い出した。電波塔へ向かう途中で死んでいた溝口の手から転がり落ちていたキーを拾ったことを。

ポケットからそれを出し、恐るおそる差し込んでみる。

「入った……！」

次に回す。キュルキュルと音を立てたあと、猛牛の咆哮《ほうこう》のようなエンジン音と共にまばゆい灯りが正面を照らした。

「ギャア！」

その声と姿にボクは腰を抜かしそうになった。暗闇に浮かび上がったいたのは、カマキリ女だった。

正面から見たカマキリ女の顔の異形さはもはや形容しがたいものだった。カマキリの輪郭、緑色の顔、そこまではいい。だが顔の内容は滅茶苦茶だ。福笑いのように人間の目がふたつ、鼻がひとつ、口がひとつ、それに耳。それらが本来あるべきところとはまったくあべこべなところについている。例えば額に口があり、その下に目が縦についている。かと思えば鼻である場所に耳があった。悪趣味を詰め込んだようなバケモノの顔だ。ただ、ひとつだけはわかるのは、それは笑っている顔だということ。顔と手以外はごく普通の体型だった。

血に濡《ぬ》れた白衣とのこぎり鎌の腕を見て、頭蓋をごりゅんごりゅんと斬られた記憶がよみがえる。ボクはたまらず叫んだ。

「うわああ！」

カマキリ女はよほどライトが眩《まぶ》しかったのか、顔を守るように手を交差したまま動けないでいるようだった。ライトのまばゆい光と共に突如現れた禍々《まがまが》しいバケモノを前に、一瞬怯んだがこれはチャンスだ。逃すわけにはいかない。

武器はないがとにかく奴を封じなければ。

「うがああっ！」

思いきり勢いをつけて、ボートから飛び降りカマキリ女に体当たりをした。スピードと体重が乗った体当たりはカマキリ女を押し倒すには充分な威力だった。

「ぎぃ！」

野猿のような鳴き声を上げて、カマキリ女はうしろに倒れ込んだ。

ボクはすかさず馬乗りになる。なにか固いものはないかと石を探すが、入江の砂浜には砂しかない。

「くそっ！」

仕方なくボクは渾身《こんしん》の力を込めてカマキリ女の顔面を叩いた。昆虫のような角ばった顔なのに、殴る感触が人間のそれと変わらない。

何度も殴打を重ねるが、人を殴り慣れていないボクの拳はずきずきと痛む。これではどっちにダメージが大きいのかわかったものではない。

「死ね！　死ね！　くそ！」

何度も殺しの呪詛《じゅそ》を吐きながら殴るが、カマキリ女は変化がない。効いているのかどうか全くわからなかった。

「にぃに、やめて！」

捜し求めた、聞きなれた声にハッと我に返った。

「マキ……？　なんで……」

「お母さんをいじめるな！」

「お、お母さん？」

ふとテレビ男のときのことが頭によぎり、咄嗟に自分が跨《また》がっているそれを見下ろした。

「わ、わああ！」

横たわっていたのは、リアル福笑いのカマキリ女などではなかった。

口や鼻から血を流し、顔中アザだらけでぐったりしているただの中年女性……。

驚いたボクは飛び退いた。

「お母さん、お母さ～ん！」

「う、うう……」

マキが駆け寄り、カマキリ女はうめき声を上げた。

「違う、そんな！　なんで、なんでだよ！　なんで！」

立ち上がる。足が震え、転びそうになりながらあとずさった。気を抜くと今にも失神しそうだ。あのときと同じ……テレビ男のときと同じだ。

ボクはまた、マキを悲しいめに——。

「……！」

そのとき、カマキリ女は片手でマキの頭に手を触れながら、もう片方の手を自らの頭の先に伸ばした。ボクは見逃さなかった。その手の先には、ぼろぼろに刃がこぼれた錆《さ》びた鎌があった。カマキリ女の手は鎌そのものではなく、これを握っていただけだったのだ——。

「マキ！」


この状況でカマキリ女が鎌を手にするということは、なにをしようとしているかなど決まり切っている。

「うがあっ！」

ボクがヘッドスライディングのように飛び掛かったのと、カマキリ女が得物を振り上げたのはほとんど一緒だった。だが寸前で一歩、ボクが早かったようだ。

マキはボクの手に衝き飛ばされ、うしろ手に転んだ。

「……っっ！」

そして、同時にボクの背中に激痛が走る。考えなくともわかった。鎌が、背に刺さったのだ。

「がっはっあ……っ」

これまで味わったことのない未知の衝撃。痛みという感覚がどういうものだったかも吹き飛んでしまうような、強烈な熱と異物感。

肺に届いているのか、それともショック性のものなのか、とにかく息が苦しい。口から血が噴き出し、ひゅうひゅうと隙間風のような音が喉から漏れた。

膝をつき、背中に刺さった鎌を抜こうと試みるが手が届かない。届いてもうまく摑めない。今、ボクはどうなっているのだろうか。

咳をするたびに胸を引き裂かれるような激痛が走り、眩暈と頭痛に襲われた。喀血《かっけつ》で砂利が点々と赤く染まる中、マキの無事を願った。

「マキ……ボートに……乗れ……！」

「いや！　にぃにも！　お母さんも！」

「だめだ……マキ、ボクは……」

ボクはマキを抱きかかえた。マキは最初暴れたが、ボクの容態を見ておとなしくなった。そうだ。マキは優しい。思いやりのあるいい子なんだ。だから、こんなところから早く逃がしてやらなければならない。

「いい子……だ、マキ」

痛みと苦しさに耐え、マキをボートに乗せ体重を乗せて押し出した。

「その……レバーを……前に、倒せ……」

「いや！　みんなも一緒に行くの！」

「大丈夫……言うことを聞いてくれれば……ボクもお母さんも……飛び乗って……一緒に行くか……ら」

「本当？」

「ああ……本当……だ」

マキは不安そうな表情を浮かべたまま操縦席に行くと、「どれ？」と訊いた。

「どれで……も、いい……レバーだ……」

「わからないよ！」

「いい……か……ら……」

目が霞《かす》んできた。マキの顔もよくわからない。帽子のせいかと思い、ツバを上げて見るが視界が鮮明になることはなかった。

「これ？」

「そ……う……」

ボートが唸《うな》った。少しの間、その場で尻から飛沫《しぶき》を上げると、水面を滑るようにして進んだ。マキが悲鳴を上げる。

あのままマキをボートにひとり乗せたままなのは心配だが、この島にいるよりもずっとマシなはずだ。きっと、沖合まで行けば誰かが気づいて、助けてくれるだろう。わからないが、その可能性に賭けるよりほかなかった。

「ひとりにしないでぇ！　厭だああ！」

マキの泣き叫ぶ声が遠ざかってゆく、ボクは精一杯の気力を振り絞って、最後の言葉を叫んだ。

「大丈夫、マキはひとりじゃない！　ボクに会いたくなったら息を止めろ！　そしたらいつでも会え……」

精一杯の言葉は最後まで言い切ることは叶《かな》わなかった。だが伝えたいことは伝わったはずだ。

「純兵！　純兵！」

じゃばじゃばとボートを追いかけるようにして海に入ってゆくカマキリ女。なぜ彼女は、ボクの名前を呼んでいるのだろう。なぜ、ボクの名を知って……。

「行かないで純兵！　じゅんぺえええっ……ごぼっ、がばっ」

深みに足をとられたのか、カマキリ女はごぼごぼと言いながらそれ以上声を発することがなくなった。ボクはというと、もはや視界はすべて閉じ、音しか聞こえない。その音ですら朧気《おぼろげ》で頼りないものだった。きっと、これも死。結局、ボクが味わった死の恐怖はどれひとつとして同じものはなかった。みんな、独立した恐怖、孤独、不安、緊張だった。

「お母さーん！　にぃに……ユキトにぃに！」

ユキトにぃに……なんだそりゃ。なんの冗談だ……。ユキトなんか……。

前のめりに倒れる瞬間、閉じたはずの視界に突然暗い水面が飛び込んできた。

映っていたのは……ユキトだった。

ボクの、ナマエ

1

鮮やかな光沢を放って、見事な橙色《だいだいいろ》の柿が生っている。

縁側から眺める庭は、昭和の成功者を絵に描いたような造りだった。今どきの家で見られない広い庭だ。

柿の木のそばでぼんぼりの形に生い茂るイヌマキがかわいらしく、今はもう灯《あか》りを入れていないであろう燈籠《とうろう》の奥で恥ずかしそうに顔を出している。

池まであるのではないかと目を凝らすが石垣の池には水が無く、鯉《こい》の代わりに蛇のようにとぐろを巻いたホースがあった。

ここから眺める範囲では、やはり柿が一番色彩を放っているな、と思ったところでお茶が運ばれてきた。

「あの柿、綺麗《きれい》でしょう。でも食べられないのよ、渋くて」

齢《よわい》七十は超えているだろうと思われる婦人はそう言うといたずらっぽく笑った。高齢なのに、まるで少女のような屈託のないかわいらしい笑顔だった。

「あたし、柿キライなんだよね」

隣で正座できずに足を崩したリタが私に耳打ちする。余計なことを言うな、と声を出さずに言うとリタは頭を掻《か》いて笑った。

畳が震えるような重い足音。

振り向いた先にはだるまのような太鼓腹をした年配の男がどすどすと近づいてくる。そしてどっかと私たちの対面に腰を下ろすと、よく来たなと豪快に笑った。

「色んな連中がきたが、ホラー作家とオカルトライターははじめてだな」

会釈する。リタも私に倣って頭を下げたが、すぐに男から目を逸《そ》らした。苦手なタイプのようだ。

今どき見ない、重いガラスのライターでタバコに火を点《つ》けると男は「なにを聞きに来たのかな」と訊《たず》ねた。

「実は、次の作品の取材で『真白洗浄興《ましろせんじょうきょう》』をモデルにした、新興宗教が題材の小説を書きたいと考えております。そこで、元洗浄興信者で現在はやり手の実業家でもある岩崎《いわさき》さんにお話をお聞かせ願えないかと」

……と一応、便宜的に説明はするもののここで初めて話を切り出したわけではない。あらかじめ洗浄輿の話を聞かせてくれとアポを取っている。

おそらくはこの男が単に、それを私の口から言わせることで精神的優位に立ちたいだけなのだろう。

事実、岩崎は驚くこともなくさもありなんという具合に「うむ」と偉そうにひと返事しただけだ。

「君の話はわかった。それで、その個性的なファッションのお嬢さんはどういう関係があるのかね」

「ああ、彼女は私の本の監修者です。彼女はオカルトライターで怪談や都市伝説を専門に扱っていますが、私の書くホラーとは色々と共通点がありまして。よく意見をもらったり、取材に同伴してもらったりしているのです。なに、怪しい人物でないことはこの私が保証します。ご安心ください」

それでも不安なら席を外させますが？　と加えてやると岩崎は大げさに手を振った。聞いただけだと、器を大きく見せることに余念がない。

岩崎剛史《つよし》——。

元信者で洗浄輿内での立場は中堅……といったところだ。幹部連中は軒並み逮捕されているか、逃亡中。もしくはもう死んでいる。社会復帰した者もいるらしいがそのあとの足取りは不明だ。

結局、私のようなたかがいち作家が辿《たど》り着けるのは、当時のことを面白おかしく笑い話にできるような無神経で図太い、信仰の薄い人間だけだった。

「話をするのは構わんがね、幹部でもない私が話せることなど高が知れているよ」

「ええ、構いません。なにしろ、真白洗浄興はこの時代になってもあまり情報が表に出てこない団体ですので。洗浄興内のルールであるとか、生活のスケジュールなんかをお聞かせ願えたら」

「そうは言ってもどこから話せばよいものかね」

「たとえば……そう、『戦艦島《せんかんじま》』へ移住してからのこととか」

「『戦艦島』？　ああ、眞木島《まきじま》か。そういえばそんな呼び方もあったな」

火が燻《くす》ぶったままのタバコを灰皿に置き、茶を啜《すす》る。喉を湿らせたのだろう。その行動から話が長くなることが予想された。

「眞木島は私ら洗浄興の信者にとっては聖地だった。なにしろ島に『眞木』の名がつくのだからね」

「『まき』がつくから？　どういう意味です？」

「なんだ、そんなことも知らないのか。ううむ、そういえばそうか。あまり表に出ていないかもしれんな。真白洗浄興の創始者であり教祖の名は銀浄院眞木《ぎんじょういんまき》。無論、神名で本名ではないがね。あの当時のニュースでもよく流れたはずだが、知らないか」

知っている。教祖の名前は銀浄院眞木。本名は宍戸《しし》耕太郎《こうたろう》。当時のニュースのことは知らないが、港町の図書館で厭《いや》というほど見た名前だ。

溝口誠《みぞぐちまこと》の協力を経て、私は岩崎に辿り着いた。洗浄興の元信者はその誰もが自分の身元をひた隠しにしている。それほど社会にとって忌まわしき事件を起こしたのだ。

自身が直接関与していないとはいえ、信じていた宗教団体が人死ににかかわる事件を起こしたとなれば大手を振って生きていける場所などそう多くはない。

その中でも岩崎のように元洗浄興信者でありながら何食わぬ顔で生活している人間はそれ相応に存在していた。

とはいえ、そんな彼らを捜し出すのは容易ではない。ただでさえ、情報が少ない洗浄興の信者。さらに彼らはそれさえも隠している。捜し出すことが困難な理由は充分納得できる。

実際、私も誠の協力なしでは岩崎……もしくはほかの信者に辿り着けていたかも怪しいくらいだ。こうしてリタが隣にいるのも、実は私が頼んだからだ。

彼女はネタになると大はしゃぎだったが、できるだけ記事にしないでほしい旨を伝えるとあからさまにトーンダウンした。

それでも私のファンを公言しているだけあって、不利な頼みも不承不承承諾してくれたのだった。要は借りを作った……というわけだ。

「あの島はな、教祖の名前がついているからと言って洗浄興の間で神格化された島だ。島の権利を洗浄興の家族が買ってからは信者がこぞって詰めかけた。そして、あの島に住む信者の一部が自らの苗字《みょうじ》を『眞木』に改名しはじめたんだ」

「改名？　なにそれ、怖っ」

口では怖いと言っておきながらリタの顔は笑っている。突然、水を得た魚のように手帳にメモを書き留めている。

「正式な手続きを踏んでいた訳ではなく、ただ勝手に名乗っていただけだがね。それも狂信的な信者一家がはじめたことだ。それに真白洗浄興では男性より女性のほうが序列が上だとされた。つまり、家族に女性の数が多い信者はそれだけで優遇された。女性の子宮が神を生むと信じられていてね。うちも幸い、娘がいてね。その狭き門に入れたというわけだ」

「女性の数が多ければ……って、そんなの不平等じゃないですか」

「そうだ。生物の生態系の根本なんて言うものは得てして不平等なものだ。……というのが銀浄院眞木の教えだった。実際彼は洗浄興でハーレムを作っていたよ。今考えれば、自分だけの色欲の園を作りたかったのかもしれないな」

「ゾッとする……」

リタは寒さに身を震わせるように、自らを抱いた。目には不快感が色濃く浮いている。

「あとは知っているだろう。そのあと、銀浄院眞木の逮捕を皮切りに、続々と洗浄興幹部や主要な人物が摘発された。中には自ら死を選んだ者もいる。そのおかげで洗浄興は支柱を失い、その隙を突いて島は封鎖に追い込まれた」

「しかし、残った家族がいますね？」

岩崎は驚いた顔で一瞬、黙った。だがしばらくして観念したのか、新しいタバコを咥《くわ》えると深く吸い込んだ。灰皿には根元まで燃え尽くした吸い殻が置いたままだ。

「やれやれ。本当に聞きたかったのはそれか。警察が沈黙した本当の理由だ。知っている人間なんて関係者じゃなけりゃいないと思っていたがね」

煙をくゆらせ、岩崎は宙を見つめた。まるで遠くの景色……沖合から島を眺めているような、遠い目だ。

「憐《あわ》れな一家だった。四人家族でね、信仰深く誰よりも銀浄院眞木に心酔していた。熱心な信者から見ても異常なほど、真白洗浄興にハマっていた。特に両親のふたりは熱狂的なほど幹部に憧れていてね。普通、あれだけ問題が大きくなって島が閉鎖に追い込まれれば、洗浄興から離れようって思うだろう。私もそうだった。だが彼らは違った。最後まで島に残ったんだ。死に場所に選んだんじゃない。本気でいつか島に銀浄院眞木が戻ってくると信じていた。それで島の、最後の防人《さきもり》になったというわけだ」

ごくり、と生唾を飲む音が隣で聞こえた。リタだ。

「防人って……」

「読んで字の如くだ。島に近づく者を容赦なく攻撃した。だがあるときを境にぱったりとそれがなくなり、それどころか家族ごと消えた」

「六人の子供たちと共に……ですか」

岩﨑は咳《せ》き込んだ。今度のは、驚いた表情ではない。慄《おのの》いた表情だ。知りすぎている私たちを恐れているのがありありとわかった。

「教えてください。責めるつもりも、告発するつもりもない。私は、自分のために知りたいんです」

「…………」

岩﨑は疑い深く私とリタを交互に見回す。やがて観念したように灰皿の底でタバコをもみ消した。

「そうだ。あの島で六人の子供と、例の一家がいなくなった。この事実が知られた大事だからね、子供たちは町でいなくなったということになっている。警察は極秘の捜査を行ったのさ。完全上陸禁止になったのはその頃だ。何人たりとも上陸させず、捜査に専念するため。……だが、結局、探し人は見つからなかった。たったひとりを除いては」

「それが……『マキ』」

「女の子の恰好《かっこう》をさせられた男の子だ。まだ六歳だった。さっきも言ったが洗浄輿の序列では女性が優位だ。だから、かわいそうに彼は信仰に熱心な両親から女として育てられた。『眞木純兵《まきじゅんぺい》』、本名は『小林純兵《こばやし》』だ」

ようやく見つけた。やっぱり、小林純兵はあの島にいた。眞木純兵《マキ》として……。

「小林家は、夫婦とその間にふたりの子供がいた。姉の美余《みよ》と弟の純兵。島に移り住んだ頃、小学四年生だった美余は港町の学校へ通っていた。島の両親は熱心な布教活動と修行に明け暮れ、純兵を構ってやらなかった。いつしか純兵は美余と同じ学校へ行くようになったんだ。小学校に上がる前だったが、そこは田舎の学校だからな、むしろ歓迎されたらしい。学校の生徒たちはみんな純兵を女の子だと思っていたようだ。一部の親しい者を除いて」

2

「私は選ばれた眞木なの。でも弟は男だから、私よりも序列は下。かわいそう。でもね、私たち家族は銀浄院様に選ばれたのよ。銀浄院様に選ばれたということは、せんじょう様に選ばれたのと同じ。眞木島を守り、銀浄院様のお帰りをお待ちするの」

小学四年生とは思えない大人びた口ぶりで美余は言っていた。

彼女が言っていることの意味を理解できたのは中学生のユキトだけだ。いつも集まる中で中学生はユキトを合わせて三人いたが、その中でもユキトはとびきり頭がよかった。

だからその計画を思いついたのだ。

「美余はあの島に残るって言ってる。たぶん、島と一緒に死ぬつもりなんだと思う。あの口ぶりだと美余はうっすらわかっているんじゃないかな。でもマキは違う。全然わかってない。自分があんな恰好させられているのも、わかってない。せめて、あの子だけでも助けてやれないかな」

宮部《みやべ》ユキトの計画に乗ったのは彼を含めて六人の子供だった。藤井《ふじい》マンイチは洗浄興関係者が島に来る前から島に住んでいた中学生。この中では一番年上だが、精神的には幼い。門川《かどかわ》ユウスケは同じく中学生だが忘れやすく、なんでもメモを取るメモ魔。射場《まとば》カノンは人と話すときに「なあ」と枕につける口癖があるのでナアと呼ばれている唯一の女子。乗《の》京《きょう》イチは美余に仄《ほの》かな恋心を抱いていた。葛西《かさい》コウジはミーハーで当時発売されたばっかりの人気ゲーム『ハイパータリオ』のマニアだった。純兵とはタリオを一緒によく遊んだ。そして、宮部ユキトは野球が得意な近鉄バファローズファン。本を読むことも好きな文武両道のインテリ気質の少年だった。

彼らに共通しているのは、美余はともかく純兵のことを可愛がっていたという点だ。だがユキトらは純兵が男だと知っていながら、「純兵」という本当の名前を知らなかった。

女として育てている親を恐れて美余が伏せていたのだ。仕方なく彼らは純兵を『眞木』と呼んだ。そういったことからもユキトらは眞木（小林）家の異常さにも気づいていた。

のちに教師の溝口に計画が漏れ、やるといって聞かない彼らの監視役として参加する。いざとなれば、連れ戻そうと考えた。同時に、溝口自身も純兵の不遇を憂いていたひとりだったのも動機に繫《つな》がった。

島の上陸禁止の噂《うわさ》は、港町に住む子供たちにも漏れ聞こえていた。そして、戦艦島にはもうほとんど人はいない。作業員の家族や血縁たちは早い段階で港町に生活の場を移していたし、洗浄興関係者も教祖たちの逮捕劇ですっかりいなくなっていた。

島の権利を持ち主が手放し、国の管理になったことで、たちまち戦艦島は無人島になったのだ。いや、無人の廃墟島《はいきょじま》。

無人のはずの廃墟に居座っているたったひとつの家族。そこからマキを奪取しなければならない。計画は簡単なはずだった。マキを連れて島を出る。それだけだ。

溝口はマキを保護してもらえる施設や制度を調べていて、そのあとの手筈《てはず》も考えていた（もっとも、溝口はマキだけでなく美余の保護も念頭に考えていたらしい）。

ライフラインの死んだ島で、長くは生活できない。それで大人しく島を出てくれればなんの問題もないが、極端な行動に出たときが怖い。溝口が子供らの計画に乗ったのも、急を要すると判断したからこそのことだった。

某日十七時、計画の決行日。波は穏やかで、島への上陸は容易だった。

近く完全に上陸が規制され警備も厳重になるという話もある。そうなる前に速やかにマキ（と美余）を島から救わねば。溝口は藤井マンイチに案内された、島の人間でも知らないような裏の入江でひとり思った。

夜までに戻らなければ日を改めよう。廃墟は危険だが、命にかかわるようなものではない。そう簡単に考えていたのは、大人の溝口も同じだった。

3

港町の図書館で撮影した画像。新聞の小さな記事だ。

『○○沖で身元不明の男児』――記事によると、三十二年前の某日早朝、釣りに出かけた地元の男性が砂浜に打ち上げられている子供を発見した。当初、女児用のワンピースを着用していたため、女児かと思われたが病院で男児だとわかった。頭部に大きな裂傷があり、発見されたとき、かなり衰弱していたという。

そのあと、病院の懸命な治療により回復するが記憶障害の傾向が見られ、自分の名前のほかはなにひとつ思い出せなかった。よって身元は不明。記事の中でも男児への配慮から実名は控えられていた。

それが小林純兵だ。

彼は、失った記憶の中のマキを幼い日の自分だと知らずに島で死んだ仲間や家族たちの体験を追体験していた。しかも、それは一度や二度ではない。何度も繰り返していた。

ユキトたちの「マキを救いたい」という強い気持ちにあてられたのだ。

純兵を保護していた施設は、彼を洸浄興の記憶から完全に隔離するため集団生活の場を与えず、職員や外部の人間に家族を演じさせていた。純兵自身、自分の記憶がないことに疑問を抱かせないためだ。

純兵は、決まって夢遊病のように突然姿をくらまし、全く繋がりのない場所で発見された。そのたび、彼のそばには『开《かい》』のマークがどこかにつけられていた。筆跡から『开』は純兵本人が書いたと確認されている。日常生活の中で、ひょんなきっかけから記憶が混濁し、放浪癖があった。施設はこれを観察し、症状が表れた際は怪我などがないようにだけ見張り、好きにさせた。これは実に年間三十回を超えることもあったという。

純兵の異常行動は、六の周期で必ず一度記憶がリセットされる。これを区切りに毎回住む場所と家族構成を変更した。彼の記憶に決まった場所を定着させないためだ。

また、同年齢の一般的な子供と比べ学力も落ちていたため学年も一年遅れで学校を通っている。本人は気づいていなかったが、そもそもの人見知り以外にも毎回クラスメートから好奇の目で避けられていた。教師もまた、事情をあまり深く聞かされていなかったため、純兵との距離感に戸惑うことが多かったという。

しかしこの症状も成長と共に減少してゆく。純兵が成人する頃には症状は無くなった。同時に記憶障害は残ってしまい、記憶の喪失を繰り返していた時期の記憶自体を失ってしまった。

だが社会復帰には充分すぎるほど成長し、現在は施設から離れ独立している。施設のほうも、彼が洗浄輿関係者と再び接触する可能性は低く、さらに洗浄輿自体が事実上の解体となっている現在、仮に接触しても問題がないと判断した。

小林純兵は過去の惨事から解放され、ごく普通の一般人になったのだ。

4

『よくそこまで調べましたね』

電話の向こうでリタが素直に褒めた。どうやってそこまで調べ上げたのかを聞かれたが、信号待ちの交差点で長々と話すことでもないと、また改めて話すとこの場は断った。

成り行きとはいえ、リタには色々手伝ってもらった恩がある。ひとまずどう落ち着いたのか、くらいは報告する義務はあると思った。

我ながら律儀だと苦笑いする。

『あの、その話聞いて思ったこと言っていいですか』

「ああ、できるだけ手短にしてくれるとうれしいが」

そう答えてやると、迷っているのか珍しく次の言葉まで間があった。

『先生の名前の宮部七徒《ペンネーム》《みやべななと》……宮部ってもしかして』

「なんのことだ」

『六少年少女失踪事件で、失踪した子供の中に「宮部ユキト」っていましたよね。それに溝口という教師を合わせれば七人』

惜しいな。悪いとは思ったが溝口先生は人数に入れていない。

心でつぶやきつつ、リタの話に耳を傾ける。

『つまり、七徒……ですよね。先生の本当の名前は――宮部ユキトじゃないんですか。ずばり、あの事件で失踪したとされているひとり』

リタの思わぬ鋭い指摘に私は口を噤《つぐ》んだ。彼女は電話の向こうですこしの間、私の出方を窺《うかが》っていたがこの沈黙を肯定だと受け取ったようだ。

『岩﨑氏の話を聞いたときに思ったんです。先生は、「誰を捜しているんだろう」って。いつかあたしにも言いましたよね。「親しい人間だ」って。その親しい人間っていうのが、きっと岩﨑氏が話した眞木純兵』

「小林純兵だよ」

『そうです。その、小林純兵のことじゃないんですか』

「まいったね。正解だ。私は小林純兵のことが知りたかった」

『やっぱり……。でも、いいんですか。小林純兵は島の記憶を失っているというじゃないですか。今、大人になった彼が先生と会えば思い出してしまうんじゃ……』

「いや、私の目的はもう完全に達成されているのさ。実を言うと小林純兵に会いたかったんじゃない。彼のことを知りたかっただけなんだ。私の知らない時間を、どのように過ごし、どう成長したのか。それが知れたらそれでよかった。だから、もうこれ以上は調べたりはしない」

『けど、先生の気持ちはそれでいいんですか。納得できるんですか』

「いいんだ。心配してくれてありがとう」

『……わかりました。じゃあ、ちょっと別件なんですけど。先生を『失踪した子供のひとり』として取材させてくれませんか！　もちろん名前も素性も伏せます！　こう見えても私、週刊誌の記者とかじゃないんでその辺の節度はありますよ！』

「さすがオカルトライターだね。お見それしたよ。わかった……考えておく。色々と世話にもなったし」

　電話の向こうでリタが歓喜に喜ぶ声が聞こえた。私は今移動中なのでまた時間のあるときに……と通話を終了する。

「ふぅ……」

今日は久しぶりにいいホテルといいレストランに予約を入れてある。当然、ひとりで寂しく……というわけではない。小林純兵の件で散々放っていた恋人への詫《わ》びだ。

デビューしてからがむしゃらに書き続け、なんとか作家で生活できるようにはなったのもここ数年のこと。婚期からだいぶ遠ざかってしまったが、ようやく家族を意識する恋人もできた。

だからこそ私は今こそ彼について知らなければと思ったのだ。私が家族を作る前に。

そして私は小林純兵のことを深く知ることができた。充分満足だ。

ここからは私は私の人生を生きることにしよう。


車をホテルの前に止め、ボーイにキーを渡す。何度か打ち合わせで来たことがあるが、プライベートで利用するのは初めてだ。

まだ彼女は来ていない。先に部屋で待ち、改めて放っていた詫びと贈り物をしよう。

ロビーを抜け、にこりと笑うフロントの女の前に立つ。

「いらっしゃいませ。お客様」

「予約している小林純兵です」

（了）

作品に関するご意見、ご感想等は
東京都千代田区神田三崎町 2-18-11
fHM文庫編集部まで

本作品は書き下ろしです。

ふたりかくれんぼ

2021年8月20日　初版発行

著者 ………………… 最東対地《さいとうたいち》

発行所 ………………… 二見書房
東京都千代田区神田三崎町 2-18-11
電話　03-3515-2311（営業）
03-3515-2313（編集）
振替　00170-4-2639
印刷 ………………… 株式会社堀内印刷所
製本 ………………… 株式会社村上製本所

乱丁・落丁本はお取り替えいたします。
定価はカバーに表示してあります。

ISBN978-4-576-21110-7
https://www.futami.co.jp